立人天地

非凡之路

美国塔斯克基大学创办人、首任校长
布克·华盛顿教育演说集

LIFTING THE VEIL OF IGNORANCE

【美】布克·托里佛·华盛顿 著
Booker Taliaferro Washington
胡彧 译 / 赵越 校

黑龙江教育出版社

布克·华盛顿（BOOKER T. WASHINGTON）

品格·包容·进步

布克·华盛顿是一位黑白混血儿，他于1856年4月5日出生在维吉尼亚州西南方的哈勒斯福特市（Hale’s Ford，Virginia）一家叫作“詹姆斯·博录厄斯烟业农场”（James Burroughs Tobacco Farm）的草棚里。他母亲珍尼 (Jane) 是该农场负责伙食的黑人女奴隶。

根据当时的美国法律，布克·华盛顿一出生，就是属于奴隶阶级；而在当时，为黑人奴隶提供教育，是一种非法的行为，更为美国的法律与社会所不容。

“布克”是他母亲替他起的名字，“托里佛”是他生父的姓，而“华盛顿”是他继父的姓，所以他的全名为“布克·托里佛·华盛顿”，他终身使用此名，从未更改。

1865年4月，当亚伯拉罕·林肯总统的全国《解放黑人奴隶宣言》（Emancipation Proclamation）总统行政命令，在詹姆斯·博录厄斯烟业农场大门前宣读时，时年7岁的小布克·华盛顿站在人群里，有着难以言喻的兴奋，因为他可以到学校上课了。

美国南北战争后，美国联邦国会通过了美国宪法第十三条修正案，将全美国的黑人奴隶彻底地解放，恢复美国公民权和自由权，他母亲就是在此时得到的自由和解放，而布克·华盛顿自此才有机会开始学习写字和读书。

获得了自由的布克·华盛顿的母亲，在他九岁时，带着他和他弟弟约翰·华盛顿 (John Washington)、妹妹阿曼达·华盛顿 (Amanda Washington)，嫁到西维吉尼亚州的马尔丹市 (Malden)。

由于家境贫穷，布克·华盛顿自小就靠着半工半读发奋图强和力争上游。在9岁那年，在别家的同龄孩子养尊处优时，他已经每天早上4点钟，跟着母亲到制盐厂里包装盐巴，再跟着继父到煤矿场里当小工了，下午收工后，还要到夜校读书，接受基本的教育。

在这家盐厂和煤矿里，布克·华盛顿遇到了他一生中的第一位贵人，就是制盐厂和煤矿场里的女主人维欧拉·罗夫纳（Viola Ruffner）。她的丈夫，是大名鼎鼎的美国南北战争名将路易斯·罗夫纳将军（General Lewis Ruffner）。这对夫妇，影响了布克·华盛顿的一生，也改变了布克·华盛顿的一生。

路易斯·罗夫纳将军于1797年10月1日出生在西维吉尼亚州的查理士顿市。在南北战争爆发前，他是维吉尼亚州州议会的议员。

美国南北分裂后，维吉尼亚亦分裂为西北二州，新州是效忠美国联邦政府的西维吉尼亚州，路易斯·罗夫纳被晋升为美国陆军少将，负责西维吉尼亚州的军事防守。

南北战争后的路易斯·罗夫纳，为美国联邦政府负责卡纳华河（Kanahwa River）流域的水坝工程。从美国陆军退役后，路易斯·罗夫纳弃军从商，投资制盐厂和煤矿场而致富，后更出任西维吉尼亚州众议院议员，他同时也是自己老家查理士顿市的民间领袖。

当布克·华盛顿被将军夫人维欧拉·罗夫纳调回自己住家当管理员时，他开始了人生的另一段传奇。

在布克·华盛顿之前，有许多人在罗夫纳家做过管理员，但都得不到维欧拉·罗夫纳的认可和赏识，唯独年方15岁的布克·华盛顿，使她觉得的确与众不同、儒子可教。

根据布克·华盛顿在1901年发表的第一部自传《超越奴役》（Up From Slavery）中说，他在他一生中最好的朋友维欧拉·罗夫纳那里，学到的第一件事就是如何面对人生，如何遵守清教徒的纪律生活 (Puritan ethic)，这种道德启蒙，使布克·华盛顿终身受用，也终身奉守。

维欧拉·罗夫纳慧眼识英雄，决定要全力栽培这位气质非凡的年轻人，不但教以做人处世之道，还鼓励他入学进修，而且视他如己出，愿意承担他的学费和生活费。

在维欧拉·罗夫纳的帮助下，16岁的布克·华盛顿，前往维吉尼亚州南方的汉普顿市，以半工半读的形式，在“汉普顿师范与农业学院”（Hampton Normal and Agricultural Institute）完成自己的学业。

布克·华盛顿从小就是个有原则的人，从不贪恋钱财，他只肯接受维欧拉·罗夫纳一小部分的金钱帮助，作为前往维吉尼亚州汉普顿市的路费，为了省钱，他用双脚走完全程

500英里的道路，才到达维吉尼亚州南方的汉普顿学院。

鞋子走破了，露出十个脚趾头，在到达汉普顿学院后，布克·华盛顿的口袋里，只剩下了最后的5毛钱。

汉普顿师范与农业学院校长塞缪尔·查普曼·阿姆斯特朗将军（General Samuel Chapman Armstrong）被这位远道而来的年轻人感动了，他及时向布克·华盛顿伸出了援手，不但允许他入学，而且还替他安排了一份在学校当清洁工的工作，他才得以稳定下来读书。

汉普顿师范与农业学院是用美国基督教教堂提供的基金，培养非洲裔美国人急需的教师人才的学院。一来由于维欧拉·罗夫纳的大力推荐，二来也是布克·华盛顿自己的勤奋好学，谦恭有礼，汉普顿大学校长塞缪尔·阿姆斯特朗对他印象特别深刻并刮目相待。

1875年，布克·华盛顿在汉普顿师范与农业学院毕业，他返回西维吉尼亚州马尔丹市，一来与母亲团圆，二来执教于当地的小学，开始他的执教生涯。

1878年，布克·华盛顿为了得到更好的教育，再到美国首都华盛顿的维尔兰德师范学院（Wayland Seminary）深造。次年，取得学位后，返回母校汉普顿师范与农业学院，出任校务主任，并且担任当地印第安土著（Native Indian Americans）的教育导师。

塔斯克基黑人师范学院是一种政治利益交换的结果。1880年，阿拉巴马州马康县的非洲裔美国人民间领袖路易斯·亚当斯（Lewis Adams）与当地两位民主党白人政客威廉·霍士达（William Foster）与亚瑟·布鲁克斯（Arthur Brooks），达成了一项政治交易：路易斯·亚当斯全力以赴地支持他们的竞选，如果他们当选，要求阿拉巴马州政府拨款兴建一座专供非洲裔美国人教育下一代的工商学院，作为回报。

在路易斯·亚当斯的大力助选下，威廉·霍士达与亚瑟·布鲁克斯双双当选。二人上台后，遵守诺言，使州议会通过“图斯格兹黑人普通学院”的拨款议案，这就是阿拉巴马州图斯格兹市“塔斯克基黑人师范学院”的历史来源。

他们在物色适当的学院领导人选时，向富有办学经验的汉普顿师范与农业学院校长塞缪尔·阿姆斯特朗将军咨询，希望他能推荐一位白人，来担任这个新诞生的黑人师范学院之领导人。

塞缪尔·阿姆斯特朗本身是一位军人出身的美国白人，他因大力推动美国农业现代化而名扬全国，接到了阿拉巴马州议会的要求后，毫不犹疑地立即大力推荐年仅26岁、品学皆优的布克·华盛顿前往塔斯克基黑人师范学院，独挑大梁，出任该校第一任校长。

1881年7月4日，与维吉尼亚州汉普顿师范与农业学院类似的塔斯克基黑人师范学院开张，加入教育非洲裔美国人的行列，布克·华盛顿领命前往，从此展开了他人生事业的传奇新篇。

“塔斯克基黑人师范学院”这一名字，乍听起来，好像是蛮有规模的，其实不然。学院在开业之初，连自己的校舍都没有，只是从当地的基督教教堂里租借了几间地下室，买了些简陋的旧破桌椅，作为临时上课的地方。

这是布克·华盛顿初试啼声之地。就是这样，布克·华盛顿跨出了他人生最重要的教育下一代事业的第一步。

人穷志不短，布克·华盛顿根据自己本身的条件和环境，制定了一套符合实际状况、可自力更生的教育方案和策略。他的学生，在上课之余，必须同时从事贸易和劳动，他领导学生们自己动手种菜养家禽，将剩余的产品，拿到市场上去卖掉，帮补学校紧张的经费。

该学院设有两大专科，土木系和水泥系，这两科的学生成了学院的发展建设队，几乎所有学校的校舍和各部门的办公室，都是该二系师生们自己亲手盖起来的，学生们既有了实际动手的学习机会，学校亦有了实用的校舍，一举两得，皆大欢喜，两全其美。

布克·华盛顿自己勤奋，也要求他的学生勤奋，他们每天早上5:30 开始，一直到晚上9:30，除了午饭时间，全天候学习和工作。一分耕耘，一分收获，其成绩果然惊人，使世人瞩目。

布克·华盛顿的重要办学宗旨之一，是要为下一代的非洲裔美国人，搭起一条通往美国主流社会的康庄大道。他坚定不移地相信，透过良好的教育和职业的培训，对美国社会做出了正面的贡献，视这块大地为与自己生死与共的国家，这种负责任的公民，是没有理由不被这个国家的人民所接受的。

布克·华盛顿的交际才华，在这里开始显露出来，他的诚恳和真挚，使他得到了当地富商的支持。第二年，布克·华盛顿利用募捐来的经费，加上从自己母校汉普顿师范与农业学院借贷了一笔基金，购买了一块荒废了许多年的农产地，将之改为“塔斯克基黑人师范学院”的校址。

1888年，塔斯克基黑人师范学院初具规模，已经拥有了540亩土地和400名学生，加上经济条件的好转，使他更有能力来号召和聘请更为优秀的老师，共同参与他的教育非洲裔美国人下一代的大业。

在他的悉心经营下，天时地利加人和，塔斯克基黑人师范学院不断成长，后来改组成了“塔斯克基大学”（Tuskegee University），而布克·华盛顿的余生，全部奉献在这座学府上，并且终身担任该校校长一职。

这种一步一脚印走出来的成功，使布克·华盛顿成了阿拉巴马州最受尊重和拥戴的民间领袖。

1895年9月，布克·华盛顿受邀在乔治亚州亚特兰大市召开的“国际与美国棉花博览会”（Cotton State and International Exposition）开幕式上发表演讲。

布克·华盛顿用充满了温和但坚定的声音告诉全世界，

布克·华盛顿在“塔斯克基大学”（Tuskegee University）校园内的住宅

所有的非洲裔美国人，将会透过教育和工作，来逐渐融进美国的主流社会，他呼吁美国的主流社会，请打开大门、伸出手臂，欢迎你们的非洲裔美国人同胞，你们看见的非洲裔美国人，不全是一些“偷鸡摸狗的撒谎者”。

透过新闻媒体的广为报道，布克·华盛顿的大名，传遍了全世界，使各国政要和领袖，无人不知他的名字。在美国国内，由于他的温和形象和诚恳态度，亦为主流社会所认可与支持，视其为新一代非洲裔美国人的典范。

1901年，美国第二十五任总统威廉·麦金利（William McKinley），为了鼓励和肯定布克·华盛顿的努力和成就，特别亲临阿拉巴马州图斯格兹市，访问了塔斯克基黑人师范学院。

麦金利总统在多次的公开演讲里，几度赞扬和肯定了布克·华盛顿的成就和努力。自此以后，美国的权贵，争相与之交往，并且愿意慷慨解囊，大力支持他的教育大计。

1890年至1915年，布克·华盛顿已经成为美国非洲裔美国人的自然民间领袖，他的言行和舆论，外界多解读为非洲裔美国人的意向，而布克·华盛顿本人，也深以能代表非洲裔美国人发言而感到骄傲。

布克·华盛顿是美国最后一代黑人奴隶的典型代表，他温和的思想和优雅的谈吐，坚持原则但不激烈求进，使他受到全国各界的仰慕和尊重，上至总统，下达市井，都争相与之交往。

他无私无畏与其牺牲自我的精神，使他成为非洲裔美国人的楷模和榜样。在他的忘我工作精神感召下，他的学校，一直得道多助，度过了一次又一次的经济危机。

许多当年美国的超级富豪如“标准汽油”（Standard Oil）的大老板亨利·赫图顿·罗杰斯（Henry Huttleston Rogers），“希尔斯公司”（Sear，Roebuck and Company）的总裁朱利亚斯·罗斯华德（Julius Rosenwald），“柯达公司”（Kodak）的创办人乔治·伊斯特曼（George Eastman），银行家约翰·诺克非勒（John D. Rockfeller），钢铁大王安德鲁·卡耐基（Andrew Carriage），美国第27任总统威廉·霍华德·塔夫脱（William Howard Taft）等人，非但是他的好友，更是他教育事业的赞助人。

在这些权势朋友中，最使人们津津乐道的，是布克·华盛顿与美国首富亨利·罗杰斯的友谊。亨利·罗杰斯白手起家，从一无所有，到全国首富，全靠自己，他对于一些出类拔萃的人物，特有好感。

1894年，亨利·罗杰斯到纽约麦迪逊广场花园（Medison Square Garden）听布克·华盛顿演讲，回家后深为感动，第二天，他亲自打电话给布克·华盛顿，告诉他自己是谁，同时要求和他有一个工作上的碰头会议。

以后的15年间，无论在亨利·罗杰斯马萨诸塞州费业海艾汶市（Fairheaven）的度假别墅处，还是他停在海边的豪华蒸汽油轮“卡纳华号”（Kanawa）里，甚至在他私人住家的饭桌上，布克·华盛顿都是他的常客。

由于他们二人都不是那种在公众场合炫耀个性的人，他们的特殊交情，成为一段鲜为人知的杏坛逸事，直到1909年亨利·罗杰斯突然中风而死后，此事才被亨利·罗杰斯的家人传了出来，世人始知之。从这件小事可以看得出来，布克·华盛顿行事之低调、谦和。

一位记者闻之，向布克·华盛顿查询亨利·罗杰斯的慈善事业情况。布克·华盛顿据实回答说，别的领域，他并不清楚，但他自己利用亨利·罗杰斯提供的资金，已经兴建好并开始运行的非洲裔美国人中小学，就有650家之多，该记者听后，惊讶得一时说不出话来。

1907年，布克·华盛顿亲赴宾夕法尼亚州费城，拜访美国超级女富豪安娜·詹尼斯（Ana T. Jeanes），向她就发展非洲裔美国人教育基金一事求助，安娜·詹尼斯早就仰慕布克·华盛顿的盛名，相见恨晚，立以100万美元许之。

美国慈善家朱利亚斯·罗斯华德的双亲是倒卖衣服为生的新移民，他自己虽然是白手起家，但是对于少数民族尤其是非洲裔美国人，充满了同情和支持，当布克·华盛顿邀请他加入“塔斯克基学院董事局”（Board of Directors of Tuskegee Institute），慷慨允之。

“塔斯克基学院董事局”有了朱利亚斯·罗斯华德这位超级富豪的加入，意味着得到了一张签好字的空白支票，再也不必为经费而发愁。

1912年开始，朱利亚斯·罗斯华德陆续不断地将资金捐进“塔斯克基学院董事局”，使布克·华盛顿有了大展手脚的舞台和机会。

1913年至1914年之间，布克·华盛顿在阿拉巴马州的郊区，为附近的非洲裔美国人孩子开办了六家全新的中小学。这种实际性的效果，使朱利亚斯·罗斯华德对布克·华盛顿这位教育家立即刮目相看，他立即又拿出了400万元，为布克·华盛顿单独设立了一个“罗斯华德基金会”（The Rosewald Fund），由他全权管理。

布克·华盛顿运用这笔资金，开始全面加强和推广他的办学计划，从马里兰州到德克萨斯州的15个州的883个县内，他兴盖了4977 家学校，217栋教师宿舍和163 栋带有商场的建筑。在1932年，这批机构，总共容纳和教育着整个美国南方1/3的非洲裔美国人小孩子。

布克·华盛顿运用自己的人际关系和社会地位，创办了一个以推广非洲裔美国人教育事业为宗旨的庞大网络，几乎将美国的名人，全部拉拢了进来，作为名誉赞助人，其受益人甚至包括了许多公立学校在内的机构，至今尚在继续发展，这个长期以来以无条件资助的学术机构，已经超过了5000余家。

布克·华盛顿的远见和智慧，使许多激进非洲裔美国人民权领袖气愤不已，当大家都嚷嚷着要与美国白人划清界限时，他挺身而出，冷静地告诉大家，那是一条错误而危险的死胡同，如果没有了占人口绝大部分的白人的支持、合作和理解，所有的非洲裔美国人的民权运动，将会不过是一场春梦而已。

他认为理由很简单，民权与民主，是一物的两面，互为表里，不可或缺；而民主的真谛，就是要少数服从多数。而少数服从多数，并不表示就是放弃自己的基本原则。如果非洲裔美国人自己不放弃原则和尊严，谁也无法将之夺走。

他全心全意地支持非洲裔美国人的民权运动，但绝不允许任何人假借他的招牌来招摇撞骗，挂羊头卖狗肉。

当他知道威廉·杜保伊斯嘲笑他是“最伟大的和稀泥者”（The Great Accommodator）时，他一笑置之，不加计较。

但当他知道了“尼亚加拉民权远动”居然讨论着用强硬手段来争取非洲裔美国人的民权时，他立即采取实际行动，公开宣布撤回对“尼亚加拉民权远动”的支持，并且与之保持距离。

在布克·华盛顿短短的59岁人生中，他用了1/3的时间，来告诉他热爱着的非洲裔美国人同胞，革命和民主，永远不能共存，有了革命的民主，一定是假的民主，真正的民主，要的是改革，而不是革命，请他们不要相信满嘴革什么命的政治骗子们的瞎说和鼓动。

布克·华盛顿将眼光投视在未来，他认为非洲裔美国人的民权运动，是一项长久大计的人类工程，为了达到这个长久的战略目标，教育是所有一切的源头，唯有具备了先天的条件，才会有后天之成果。他身体力行，言行一致，终身奉献在下一代的教育事业里无怨无悔。

1901年，布克·华盛顿的自传《超越奴役》出版，立即引起轰动，成为全美国的畅销书，洛阳纸贵，风行一时，年轻的非洲裔美国人，几乎人手一册，作为自己学习和奋斗的榜样。

美国的政客，亦是人人争读，作为自己施政的参考。美国总统西奥多·罗斯福读后，深为感动，特意邀请他到白宫做客，共进晚餐。

这是美国历史上第一位被在位的美国总统邀请至白宫做客的非洲裔美国人，也是第一位与在位的美国总统在白宫共进晚餐的非洲裔美国人，可谓殊荣也。布克·华盛顿毕生奉献于非洲裔美国人的教育大业，劳苦功高，实至名归，当之无愧。

布克·华盛顿工作勤奋，办事认真，虽然功成业就，但依然凡事亲力亲为，不敢稍为大意，唯恐有负朋友们的重托，有失师生们的期待。由于长期超时劳累，他的身体和健康，日渐衰弱，经常病倒。

1915年11月5日，他在纽约出差时，终于因为操劳过度，引起血压过高而导致身体崩溃，被送进了纽约市的“圣路克医院”（St. Luke’s Hospital）接受全身检查，医生们发现他已经得了严重性的“动脉硬化症”（Arteriosclerosis），并且将不久于人世。

友人们尊重他自己的意见，尽快地将他送回阿拉巴马州的塔斯克基大学。但为时已晚，医治无方，在1915年11月14日，他返回塔斯克基大学几天后，与世长辞，享年59岁。

他的遗体归葬于他一手兴办起来的塔斯克基大学校园内。出殡之日，在人烟稀少的阿拉巴马州塔斯克基市，竟然有超过8000名黑白各半的人，群集于校园内，自发地来为这位美国近代史上最优秀的教育家送行。

1915年11月14日，布克·华盛顿与世长辞，享年59岁。这是当年为华盛顿送行的人们

布克·华盛顿之所以能够得到这么多权势或富豪们的支持，是有其众多理由的，其中最大的理由，就是他的清廉自奉、公私分明和不贪钱财的人格魅力，这与其他身价千万的美国民权领袖们相比，一天一地。

1881年布克·华盛顿创办学院时，是从零开始的，除了两间空课室外，一无所有。他去世后，该学校已是一间具有100 栋房屋，可供1500名学生同时上课的大学。他留下了数个庞大的计划和200万美元的现金，给他的继承人。

布克·华盛顿的大爱与纯真，没有被美国人忘记，1940年，美国联邦邮政总局发行了一张印有他肖像的十美分邮票，作为对这位时代非洲裔美国伟人的纪念。这是美国历史上第一次以一位非洲裔美国人的肖像发行的邮票，意义重大。

美国财政部于1946年至1951年和1951年至1954年，二度将布克·华盛顿的肖像铸在五毛钱的硬币上，来向这位伟大的非洲裔美国人致敬。这是美国历史上，第一次将一位非洲裔美国人的肖像铸在美国的硬币上，其非凡的意义，更见公道自在人心。

目录

CONTENTS

目录

出版说明
一个唤醒民族自强的精神领袖

一个世纪前，美国一位杰出黑人领袖，在当时黑人族群还看不到什么民权希望的时候，就大胆预言，将来的某个时间美国会出现一位黑人总统，当时这种预言曾被认为是那么的荒唐可笑和不可能发生的事，今天却真实发生了，这位领袖就是布克·华盛顿，而历史到了今天也验证了华盛顿预言的正确。

在很多方面，巴拉克·奥巴马和时任美国最大的黑人大学校长的经历是那么的相似，有种惺惺相惜的精神纽带。他们都是混血家族后裔，成长环境温和，布克·华盛顿有个白人父亲，但从来就没见过；而奥巴马的黑人父亲几乎就没尽到父亲的责任。他们都是在家里女人的培养下成长起来的，而这些女人对他们成人后的职业道德和生活目标的形成起到了至关重要的作用。

巴拉克和华盛顿都是主张以自立的精神、决心加上幸运之神的眷顾，通过受教育来克服自身的缺点，完善自身。在他们彼此年轻的时候就非常得体地处理与有权白人之间的关系。等到成人，华盛顿和奥巴马都具备杰出的与白人打交道的能力并建立跨种族的联盟，年轻的奥巴马就是社区的组织者，这正是华盛顿当时创办塔斯克基大学的宗旨，即从人格角度和智慧上来说，反对用暴力和冲突的方式来解决种族之间的矛盾等问题，奥巴马正是这样做的，他人格高尚，彬彬有礼，族群的整体文明未到，挑战权威不是他的工作。奥巴马的行为方式正是验证了奥利弗·温德尔·霍尔姆斯的至理名言，而这也是华盛顿常引用的一句话："长期的争议最起码能让聪明人和笨人都平和相处——重要的是让笨人也知道这个道理。"

布克·华盛顿年代的每个人都在探寻种族和解的终极目标，华盛顿本人也大胆预测将来会有位黑人正襟危坐在华盛顿的椭圆形办公室内，而今天奥巴马验证了这个预言，更赋予这个"希望"更深远的意义。当时作为黑人族群优秀分子的代表华盛顿备受各族群人民的爱戴，同样的奥巴马今天也是受到了极高的礼遇。1908年，一位中立派观察家就曾写道，“所有和睦、温和的黑人家中几乎都在壁炉上方挂着布克·华盛顿的画像，相框上面都写着华盛顿终生倡导的工作和服务箴言。”

和奥巴马一样，华盛顿在与当时美国最富有的人打交道时，绝对堪称杰出的外交家。奥巴马能将沃伦·巴菲特和比尔·盖茨这样的亿万富翁纳入自己的阵营；而当时的华盛顿不仅能和安德鲁·卡耐基和约翰·洛克菲勒成为知己，更能让这些财富寡头心甘情愿慷慨解囊帮助自己在美国南部创建全美最大的黑人大学——塔斯克基大学。从这点看，奥巴马在打选战时，也经常得到意想不到的财源支持。

尽管他们两人很多方面都很像，但就其哲学世界观来说，两人又有本质的不同，华盛顿反复强调节俭是走向富有的基石，他认为“空中楼阁，再美丽也不能持久”。而成功的秘密在于避免背负过多债务、时刻有满足感、不贪婪、养成“节流的好习惯，只有平时养成节约每一角、每一块钱的习惯，到用的时候才能拿出钱”。华盛顿的策略最终是让人无债务的状态，如果没有华盛顿，很难想象美国20世纪50年代黑人中产阶级会崛起。而他们中多数出自塔斯克基大学的优秀毕业生，正是这些人推进了民权运动，今天的奥巴马总统就是这场运动的巅峰之作。

百年前的布克·华盛顿先生都有这样一个习惯：每个星期天的傍晚，他都会向塔斯克基学院的学生发表演说，那都是些坦诚而又注重实际的演说。

这些演说，大多与其族裔的品格塑造有关，非常有力地阐述了该如何塑造优秀品格，如何做人做事以及提升自我修养，到最后唤醒整个黑人族群使其融入主流社会。

华盛顿先生把他的道德诚信、卓著见识都灌注在这些演说中，在很多演说中还运用了雄辩。

华盛顿先生的许多朋友都曾说，部分演说当中最能体现他的口才；除此之外，这些演说还能展示华盛顿先生的各种努力并让人更好地了解这所大学。

此书正是由华盛顿先生本人从其以往演说中挑选出精华部分集结而成。

前言

好些年前，塔斯克基师范工业学院（Tuskegee Normal and Industrial Institute）的规模还很小，只有数十个学生和两三个教师，而正是从那时起，我开始给学生和老师们做演讲，也就是所谓的“星期天谈话”（Sunday Evening Talks）。我总是用一种对话的口吻来做这些演讲，一如我在家中壁炉边和孩子们说话那样。年复一年，随着学院逐步壮大，朋友们建议我该把这些演讲的内容保存下来，为此，在过去的几年里，这些演讲被速记下来。为了集结成此书，这些演讲或多或少会有所修改。而我非常感激我的秘书埃米特·J.斯科特先生和马克斯·贝内特·斯拉舍先生，正是他们协助我进行修改并为了付印而费心编排。我还要感激T.托马斯·福琼先生，正是他建议我将这些演讲内容集结出书的。

周复一周，我在做这些演讲的时候总是尝试与大家的心灵直接对话，无论是对我们的学生教师，还是对我们的访客——这些访客都对自己身处南方之地所要应付的日常问题深感关注。发表这些演讲时最能鼓励我的，就是学生教师以及访客们的专注，还有就是他们衷心地告诉我他们从这些演讲中获得了何种裨益。

过去四年里，校园报纸上每周都会刊登这些演讲的内容。这份《塔斯克基学生》（The Tuskegee Student）发行范围颇广，读者包括我们的毕业生以及南方的其他人士。因此，在某种程度上，我自感每个星期天的傍晚不只是对学生们发表演讲，还给这里大量的南方有色族裔人士做演讲。而现在，如果这些演讲的内容能给更多的读者带来任何的裨益或帮助，对我为这些演讲所做的一切努力而言，这就将是超越任何回报的最好回应。

布克·T. 华盛顿

阿拉巴马州，塔斯克基市

生活的两面

生活可以从很多方面进行分类，但是围绕着今天傍晚谈话的宗旨，我将要谈及的是生活的两个方面：光明的一面和黑暗的一面。

我相信，无论是思想上、言语上还是行动上，你们都会发现，你们早已能把生活区分如下：黑暗的一面和光明的一面，令人气馁的一面和令人振奋的一面。你们还会发现，就像生活可以分成两面那样，人们也可以相应地分成两类。

有一类人，他们教导自己并且不断地训练自己紧盯着生活黑暗的一面；而另一类人，无论是有意还是无意，他们总是训练自己看向生活光明的一面。

然而，在这两个方向上走得太远都是不甚明智的。那些只会教导自己看向生活黑暗面的人很可能会犯错误；而那些只会让自己看向生活的光明面同时忘记其他一切的人，同样也会有犯错误的倾向。

因此，我认为我这样说还是对的：在这个世界上成就最为卓著的人，也就是那些由于他们的热心助人而受到世界关注的人，那些在每一个方面都能提供帮助的人，恰恰就是那些总是能看到也能欣赏生活光明一面以及黑暗一面的人。

有时你会遇见这样的两个人，他们在一个阴暗的早晨起床，那时大雨滂沱、湿气氤氲，令人生厌。于是其中一个会开始抱怨这样的早晨真是让人沮丧，会提到房子周围的泥坑，会埋怨大雨，总之会提到一切一切令人不愉快的事情。而另外一个人，就是那种告诉自己凡事要往好的方面看、要多欣赏生活之美的人，他就会提到雨滴之美，提到刚刚沐浴过雨水的花儿草木有多么清新。不管事情看起来多么的沮丧暗淡，他总是能从屋外的景色中找到一些令自己赏心悦目的东西，也总是能在一个忧郁的早晨找到一些让自己振奋的东西。

假设你看到这两个人一起吃早餐，也许他们还会发现面包做得很差但咖啡煮得很好。要是面包做得很差，那在这种情况下，遵循这样一种习惯会好很多，这种习惯可以让你无论持什么观点都能获益，那就是——尽量忘记它们有多难吃，尽情地享受那美味得让你心满意足的咖啡。告诉坐在你附近的人这咖啡有多么的醇美。这样做会有什么结果呢？你会成为一个受人欢迎的人，人们喜欢你出现在他们身边，在面对困难、心灰意冷时会乐意在你那里寻找鼓励。

同样，当你走进教室上课的时候，不要纠缠于老师那些错误，你自认为被你逮到的错误，也不要揪着老师讲课时的不足之处死死不放。所有的教师都会在某些时候犯错，而你也许该明白，一个出色的教师、一个品格良好的人，就是一个在犯错之后会坦率明确地说“我错了”或者“我不知道”的人。一个能够说“我不知道”的教师，可是一个非常明智的好教师，要知道，没有教师是无所不知的。一个好老师会坦诚明确地告诉你：“我不知道，我没法回答那个问题。”

现在就让我来告诉你，当你们离开这里，当你们自己也成为教师的时候，你们当中很大一部分人肯定也会遭遇这样的情况，会有学生问一些你无法回答的问题，或者就一些你不太了解的事情发问，你要记住，在那些时候你最好坦率地说：“我没法回答你的问题。”因为你的坦率与诚实，你的学生只会更加尊敬你。教育不是为了往人们的脑子里塞东西，教育是为了让人们能找到自己所需的东西。我对丹尼尔·韦伯斯特[①]所说的话大为信服，他说：“真正受过良好教育的人，不是那些把一切知识都堆砌在脑海里的人，而是那些每当他想寻找某些事物的信息时，无论何时何地他都知道该去哪里寻找信息的人。”每一个想要成功的人都必须要修行到如此境界。他必须努力让自己成为一个知道去哪里寻找事实的人，而不是尝试让自己成为一个无所不知的人。

我希望，当你们从这所学院走出去的时候，因为你们在这里所受的教育，你们都能成为一个不断寻找生活中光明而令人振奋那一面的人，能不断发掘生活中那些美丽事物。通常来说，只有那些软弱的人才会紧盯着生活中不尽如人意、令人沮丧的黑暗一面。我要再说一遍，当你走进教室的时候，尝试忘记甚至忽略掉那些你自认为看到的弱点吧。记住！要全神贯注于那些有关课文的深思熟虑，那些在备课时

①丹尼尔·韦伯斯特（Daniel Webster，1782—1852），美国著名的政治家、法学家、律师和演讲家，辉格党创始人。

付出的诚意，那些讲课时体现的诚恳；尝试去回忆并且记住你通过观察所发现的一切令人鼓舞的美好事物吧！不管它们是出现在教室里，还是商店里甚至是田地里。无论你在哪里，牢牢抓住你能接触到的一切鼓舞人心的事物。

对学生来说，要是养成了这样一种习惯：总是要不停地挑出老师的瑕疵，或者总是要批评老师，甚至只看到老师身上他们自己认定的弱点而对老师的其他一切无视——是非常不幸的，而这也与他们老师的个性有关。尝试一下让自己沉浸在这样的心情中吧，不断地看到并且专注于你所观察到的一切有力而美好的事物中。

无论来自生活还是来自教师们的授课，养成习惯，多谈论生活中积极的一面；当你碰见同学，碰见老师或者其他任何人时，或者在你写信回家时，养成习惯，多说说你看到的明媚事物、优美事物、那些引人入胜的事物。当你把这些做得恰到好处的时候会发现，你不但推动着自己在正确的方向上前进，还在推动着别人往这条道路上走。相反，老是很情绪化、灰心丧气，让离你十尺之内的人都感觉到不舒服可不是个好习惯。有些人啊，因为总是盯着生活中悲观的一面，最后都没法看到生活的其他方面了，从他们嘴里讲出来的任何事物都是大煞风景的，他们让围绕着自己以及身边各人的氛围都变得相当讨厌。这样的人肯定是不受欢迎的。为什么呢？我曾遇到过这样的人，当他们在路上走来时，我有一种冲动，想要走到路的另外一边好避开他们。我不想听他们的不幸故事与哀叹，那样的言语我早已听过无数次，我可不想沉浸于叙事者营造的那种氛围中。

要推动人们往错误的方向前进往往是很容易的；要养成那种死盯着过错不放的多变性格、不但要让自己还要让所认识的人都觉得凄惨不快，这也是很容易的。那些只能活在一种关注过错氛围里的人最终会变得很消极。他们永远不知进步，永远没有行动，就只能过着非常消极的生活。而现在，作为学生，如果也以那种方式成长起来，可不是你们所能承受的。我希望，当我们从这里送别你们当中每一个人的时候，你们不是作为一股消极的力量存在于世上，而是作为一股强大、积极、有益的力量存在于世上。如果你们让自己养成了忧郁沮丧、吹毛求疵的性格，你们就会辜负我们对你们的期望。要发挥出你的极致，你就必须以充满希望和信念的身心生存于世，你要相信，总有待你去实现的事情；你要相信，你就是那个去实现此事的人，并且你必将会将其完成！

十有八九，生活中那些习惯于只看悲观一面的人，往往就是那些狭隘可悲的人，那些意志脆弱、目标不坚的人。与之相反，那些习惯于凡事看向美好一面的人、呼唤人们留意生活中各种令人振奋的优美事物的人，大部分都是些坚强的人，人们乐于听取他的明智建议，得到他的支持。你们还是学生，而我则努力地让你们看到生活中最好的东西。不要满足于生活中那些间接得来的东西，在你能让自己于那种积极的氛围中找到并牢牢把握住生活中所能出现的最美好、最高尚的东西之前，千万不要自满。

主动助人

我认为，在我们这样的学院里，有几样基本的事情，你学会并保持做到了就会受益终生的。

这样的学院，不仅仅是为你的教育而存在的，也不是为你的安逸享乐而存在的；当然了，让你舒适快乐也很重要，这我们一直谨记着。这样的学院，是要给你们智慧、技能和心灵的力量，我们帮助你们得到这一切，继而你就可以利用这一切再去帮助其他人。

我们帮你，好让你也能帮助其他人；如果你不能做到乐于助人，那么当你离开这里的时候，我们所做的一切将前功尽弃。

你们在这里学习时所产生的费用，只有极少的一部分是由你们自己支付的，你知道这个事实的时候也许会颇为吃惊。你们都有所付出，但只是极少的一部分。作为这个学院的基金受托管理人，我们无权留下那些可能在离开学院之后无法帮助别人的学生。我们也无权留下那些可能不够坚强，不能离开这里并给他人施以援手的学生。我们在这里授业的目的，就是要让你成为一个坚强、理智、有用的人。

如果你全数支付你在这里寄宿的费用，还有你的学费、燃料和照明等费用，那事情也许可以另当别论。但是只要你支付了所有费用中的很少一部分，那我们就必须坚持这样一点：除非一个学生能成为一个于他人有用的人，否则，无论我们多么同情他，都无权把这样的学生留下来。这里的每一位年轻男士、年轻女士都应该感受到，你们在这里的每一天都是赊借来的，每一天都是神圣的，每一天都是属于我们整个种族的。我们的毕业生们以及从这里走出去的大多数学生，都是心怀无私精神的，愿意拿着微薄的薪水在恶劣的环境下开始他们的工作，即使在很大程度上他们所要面对的境况凄凉得令人沮丧也要一往无前。我们相信，这样的精神会继续在我们的学院里生根发芽；我们相信，我们会一直拥有那些优秀的学生，他们能做到在离开校门之后成为一个帮助别人并令其变得坚强、有用的人。任何一个想要帮助别人的人，自己必须首先是个坚强的人，否则他是无法帮助别人的。你们也注意到了，这里的课程都是由三个方向上的科目组成的，包括劳作科目、学术训练科目以及宗教道德科目。我们希望让这里的学生变得坚强、高效，让你们通过学习在每一个方面都成为翘楚。

有些人在得到别人指示的情况下可以做成一件事，但这样的人价值有限。世上总不缺那些从不思考、从不为自己制定任何目标的人，他们总要等着别人来告诉他们该做什么，这样的人实在一无是处。他们实在该为自己呼吸的空气付点租金，因为他们只会令空气变得浑浊。而我们不希望在这里也会出现这样的人，我们希望我们的人是善于思考并做好准备的。今早我注意到一件事，在此之前，你们有没有听到过侧门的铰链发出的那种吱吱嘎嘎的响声？本来，守门人就应该注意到这种情况，并且不用任何人来告诉他，他就该主动给铰链加点润滑油。然后，我又注意到，在下了整整一天的大雨之后，四处湿漉泥泞，猪圈那里没有做任何的预防措施来保护猪崽，搞得它们身上都是泥。负责看管猪圈的人就不应该等着别人来告诉他要去那里用干草垫一下地面，再给猪圈弄一个盖，好让牲畜们保持干爽。每一个负责养猪的人都不应该等着别人来告诉他要这样做。

我们所需要的人才，就是那些不用等着别人来告诉他做这做那的人，就是那些会自己思考并采取行动的人。如果我们在这里培养出来的人连管好一个猪圈的能力都没有，那我们又如何可以期待他们管好国家大事？

此外，你们当中有些人本来应该去把道路搞好的。我今早也很希望能看到男孩子们努力把道路弄好，希望他们能把木屑从这栋大楼一直铺到学校大门那里去；我也很希望能看到他们在路上放些木板，并想办法把水排干。在这里，我们需要这样的人才，希望他们不需要等别人来告诉他们要完成此类事情，而是可以自己想到要做这些事情。这样的人才是值得拥有的人才。

而那些总需要用别人的想法来填充自己心灵的人是价值有限的。

坦白地对你们说，我们不能让这样的人留在我们学院里。我们希望你们成为思想家，成为领袖。

昨天以及前夜，我沿着莫比尔－俄亥俄铁路从圣路易斯去蒙哥马利。同车有一位我看还不到20岁的年轻人，他最近成了这条铁路的特别货运代理，因此他所谈的一切都和货运有关。他和我谈起货运，当然也和其他所有人谈起货运，他会问问这位又问问那位，问他们有没有货需要运，如果别人答有，他就会告诉他们一定要用莫比尔－俄亥俄铁路来运输货物。

长此下去，总有一天这个年轻人会成为这条铁路的全权货运代理，甚至成为这条铁路的主席。但试想一下，要是他坐下来打盹，并等着别人走过来咨询运送货物的最佳方式，你还觉得他有把握做成任何生意吗？

开始思考吧！要是你没有学会思考，那么，你们就会成为一个对自己、对别人都毫无用处的人。

每三个月，我们就要在学生中开展一次“清理”运动，而今年的“清理”运动将比以往更为严格。我们不得不送走每一个性格脆弱或是道德低下或是不够勤奋的学生。除非一个学生能在上述三个方面中的某一方面表现突出，否则就不能把他留下。而你们也要努力让自己在至少一个方面表现突出，你在吃喝、酣睡的时候，都要努力让自己在某一个方面表现突出，为了能留在这里，这是你必须做的。

我希望当你们走出校门进入现实世界的时候，不是去享受安逸，而是去作出牺牲、去帮助别人，有人会需要你的帮助和牺牲的。你可能会被要求牺牲很多东西，也许是要你承受微薄的薪水，也许是要你在令人不适的建筑物里教学，也许是要你在荒凉的地方工作，而且周遭的一切可能都令人沮丧。

而当我提及你们进入现实世界的时候，我所指的不仅仅限于教室。我认为，那些毕业后成为农夫或者成为其他领域之领袖的人，他们和教师一样是成功的。

和这所学院有关的最有趣的事情就是，我们的毕业生们不断缔造的惊人纪录。随着学院不断壮大，我们不希望失去那种自我牺牲的精神，不希望失去那种贡献于社会的精神，这是我们的毕业生和学生离开这里之后所展示出来的精神。我们希望你们主动助人，希望你们不会只考虑和照顾自己。你越是作出更多的努力让别人快乐，反过来你自己也会越快乐。**如果你想做一个快乐的人，如果你想过一种充实满足的生活，想得到真正的愉悦，那你就去帮助别人吧！当你感到**

不快乐、心情不舒畅甚至感觉痛苦的时候，去为那些悲惨的人做点事情，你就会发现，自己又开始快乐起来了。这个世界上真正可悲可怜的人就是那些心胸狭窄、心肠冷硬的人；而真正快乐的人就是那些胸怀广阔的人，这样的人总会是快乐的。

克服前进路上的困难

我很肯定地认为，今晚某种程度上帮到你，因为我可以帮你展望未来年月中可能遇上的种种困难。遵从“不要自寻烦恼”的箴言是安稳的，但做好准备应对困难也同样是可靠的。

当然了，你们所有人都明白，我们有幸在这里拥有如此庞大的一个“机器”（当我这样提到机器的时候，你们都该明白我说的就是我们学校），而它需要些时间来臻至完美的运行状态，或者是任何接近完美的状态。现在我要重复一遍，那些能预先做好准备迎接困难岁月的人，他们能面对挫折不断的低谷时期，他们都是些明智的人。明智的人会记住，生活不会总是一路阳光，一切不会总是令人愉快的。日常生活中适用的道理也适用于学校里，在接下来的学年里，总会有一些困难，要么是你将要碰上的，要么是它要来打扰你的；而我希望，你能竭尽所能做好一切应对的准备。

首先，你们当中的许多人，如果之前不曾对此失望过，接下来也许会对你们已经报读的课程感到失望。普罗大众在想象中以为自己已懂得的东西往往比他们真正懂得的东西要多。有些人呢，他们所懂的东西真的是多于自己以为已懂的东西，可这样的人是很少见的。当一个学生到了那样一个境界，他所懂的东西确实比他自己认为自己已懂的东西还要多时，那他已经准备好离开学校了。我希望，你们中的大部分人都能达到那样的境界。我要再说一遍，你们当中的好大一部分人将会对你们所报读的课程感到失望。

现在我打算给你们一个建议。当你报一所学校之前，先好好看看那所学校的简介。一份简介能提供你所需要的全部学校信息，然后你就要决定，对那所学校是否有信心。你要搞清楚，那是不是你想要去的学校，然后你要决定，对这所学校是否有足够的信心，足以让你成为它的学生。

然后，一旦你做完了上面所提到的一切事情，你要坚定地相信，那些将要出现在你面前、成为你的老师的人，一定比你有更多的经验，因此他们有能力就你的学业给你提供建议。你要拿定主意，一旦被派去一个较低的班级，而你认为，以你的能力不该去那里，你还是要遵从你所得到的建议和指示，因为那来自一些比你年长而且受过更多教育的人。

另外一种情况也可能会让你失望，或者是即使没有让你失望也会令你思乡，那就是当你身处那些安排给你的房间中。

你可能会被安排去一些你不喜欢的房间，它们也许不能满足你的喜好，又或者是太过拥挤。你可能会遇上一些人，他们和你并不志趣相投，你认为完全没可能和他们相处得好，但他们却偏偏成为你的室友。你的房间还可能冬如冰窖夏似火炉。当安排住宿时，这些难题你统统都有可能遇上。

你要下定决心克服这些难题。我常常说，那些在学校草创时就在这里经历了一段艰苦岁月的学生，往往都取得了巨大的成功。

和他们那时候的房间比起来，现在你们当中大多数人住的简直可以算是宫殿！

我深信，这所学校里的学生都会发现，在照顾学生方面学校每年都会比上一年有所进步。

年复一年，住宿的地方在不断增多，这也是我们所希望的。年复一年，我们都没有忘记，我们有责任让学生过得比上一年更舒适，也一直在为此而稳步前进。但尽管如此，我们尚未能随心所欲地去做这一切。

因此，你要记住，你会在分派宿舍时遇到难题，那可能是你不喜欢的室友，或者是过冷过热，又或者是一堆让你身处宿舍时感觉不太好的东西。但不管你会遇到什么，要牢牢记住，你来这里的最终目标是接受教育，你要让自己的身心都沉浸在这个目标之中，这会让你成为一个掌控一切琐碎小事的大师，所有这些微小而暂时的障碍对你来说都不在话下。

还有，你们当中很多人会对学校提供的伙食感到失望。无论我们如何尝试尽心地照料，你们当中的很多人还是会对这个方面感到失望。但是，和一些将在你余生中对你产生深远影响的事情比起来，一顿饭的意义又有多大呢？一餐两餐的不快又算些什么呢？你来这里，不是为了食物、房子或者其他一切琐碎事情，你来这里是要充实你的头脑和心灵，要让你自己变得更好，那些才是可以支持你、让你成为终生都是个有用人才的可贵东西。

你们当中一些人可能还会难以适应要遵守的纪律。有时，你可能要接受一些你认为是错误或者不公正的规章。也许，有时有些规章确实是不公正的，而在这个方面，没有一所学院表现得完美无缺。但在规章纪律方面，我希望你们能学会尊重规章（学会遵守规章和尊敬权威总是好的，对你大有裨益）。对你来说，遵守那些规章，即使是你认为错误（也许是规章背后的精神或者动机有错）的规章，总要好于变成一个以违抗规章为习惯并且不尊重权威的人。

你要记住，要是你想让自己更加快乐更加坚强，在这一切之上，你首先要学会遵从。假如，在有些情况下不得不如此，你的同学被授予了某些权力，在一分钟或者五分钟之内，他有权对你发号施令，那他的命令就是神圣的，你就应该遵从他的指挥，一如你应该遵从这所学校的最高长官所做的指挥那样。你要明白，听从权威的指挥并不是一件丢脸的事。

文明的最高体现，也是最可靠的体现，就是人们学会遵从那些地位比他们高的人所发出的命令。

这里我还要补充一点，在这所学校里，除了极少数个别情况外，学生们一直都乐意遵从学校权威人士，在这个方面，我们学校是值得赞扬的。

我希望你们明白，我也认为你们终会明白，经历过一段艰苦的岁月，体验过四处碰壁的苦楚，只会让人变得更坚强更有力。这就是我希望你们明白的一点：你们来到这里的其中一个宗旨，就是要学会克服困难。我已经提到了一些你们可能会遇到的困难，但尚有一些是我未提及的，而它们会持续不断地一直涌现。

只要你学会，无论遇到多大的困难，你都能从容地直面它们，并把它们踩在脚下，你就能实现你来这里的最高目标，同时也帮助体现出我们这所学院存在的意义。

榜样的力量

数晚之前，在辛辛那提，我在一个大型会议上做演讲，之后，一群年轻的黑人邀请我去他们的俱乐部待上几分钟。我接受了他们的盛情相邀去了那里，并因此感到十分惊喜。我原本预计，在我的目的地那里，我会遇见一群年轻男士，他们为着自己享乐的私心，会找来一个房间并将其好好布置了一番。但后来我发现，不是那样的。相反，在这个叫作“威诺纳俱乐部”（Winona Club）的地方，我见到了15位18岁至20岁的年轻男士，他们聚集在一起是为了提高他们自己，并且他们还更进了一步，同时尽可能地帮助这个城市里那些正走向歧途的年轻黑人。我看到了一个房间，装饰得很漂亮，地板上铺着地毯，墙上挂着优美的图片，图书角里放着书画，就在这个房间里，有15位最聪明、诚实、整洁的年轻人，能和他们见面，实在是我的荣幸。

能见到这些年轻人真是一大惊喜，尤其是在这样一个北方城市，四处充满诱惑，邪恶环伺周围，这群年轻人却能团结在一起领着其他人朝正确的方向前进。

他们聚集在一起，第一次会议时就提出，他们的目标就是要团结起来提高自己并帮助别人。他们说，他们的俱乐部规章里的第一条就是，俱乐部里不应有赌博行为，而且也不应该出现烈酒，一切与真正高尚的绅士的生活无关的东西都不应该出现在俱乐部里。

我不得不再说一遍，在辛辛那提看到这样的工作，真是令我无比高兴和振奋。同样令人欣喜而吃惊的是，当欢迎会快要结束的时候，他们拿出一叠整洁的钞票给我——这是他们筹集到的钱，他们希望这笔钱能支付我们学院学生的部分费用。

今晚我特别要提到的一点是：

你们所有人都必须记住，你们不仅仅要让自己在任何一个方面保持整洁、淳朴、理智和真诚，你们还有责任保证自己持续不断地给他人带来积极有益的影响。

尽管我希望，你们当中大部分人会清楚地看到前路在南方；但是你们当中很大一部分人都将去那些大城市里，有的会去蒙哥马利，有的可能会去北方的大城市。我相信，你们留下来，在这些乡村地区，会比在大城市里做得更好。我相信，无论哪一方面，你都会发现，比起去城市，留在小镇或者乡村会有更多好处。我相信，我们过着乡村的生活，也就是农耕生活时，状态最好；而当我们在城市生活的时候，状态最差。现在，当你走出去亲自融入现实世界的时候，首先必须记住：除非你能一直有所追求并且不流于无所事事，否则你是没法保持自制的。

吊儿郎当的人都是岌岌可危的，不管他或富或贫。下定决心吧！无论你是要去城市还是要留在乡村，你都要让自己有事可忙。

在美国这样一个富裕而繁荣的国度，根本就没有让人游手好闲的借口。对于那些四处游荡，抱怨着没啥好做的人，我实在是没有太多的耐心，在南方，尤其如此。这里的土地如此廉价，几乎就没有借口让任何一个男女抱怨他们找不到工作，你要让自己一直有事可做才会成为一个良好的榜样。因此，记住了，无论你在城市、小镇或者乡村，只要你不是在休息或者在进行某种恰当的娱乐，就应该有事可做。你要是做不到，就会像千万个年轻人那样走向堕落，像千万个年轻人那样正在沉沦，像他们那样屈服于围绕其周身的种种诱惑。

不要把你赚来的钱押在那些赌运气的游戏上，记住绕开那些引诱你堕落的东西，还要教会别人这个道理。告诉你认识的所有人，除非他们能够远离赌桌，否则就不能过上健康的、端正的生活。注意要让你的生活有规律，让你的睡眠时间有规律。

如果你要娱乐，一定要保证你的娱乐方式恰当。在城市里，不少年轻人一直熬夜到12点甚至一两点，有时他们会去跳舞，有时会流连于赌桌或者妓院，或者会去沙龙里买醉；因此，他们上班迟到，有时你就会听到他们抱怨说丢了工作。他们会告诉你丢了工作是因为种族偏见，或者是因为他们之前的雇主不愿意再请黑人帮工。但如果你去了解一下实际情况，就会发现，他们丢了工作更多的是因为他们不守时，或者因为粗心大意。

然后，如果你抵御不住烈酒的诱惑，你也会变得像他们那样。如今，烈酒正让我们很多的年轻人陷于沉沦。我不是说所有的年轻人都沉湎于此，也不是说他们都屈从于诱惑了，因为在许多大城市里，我都能见到一些年轻人，他们和我在辛辛那提所见到的那群年轻人很相似。如果你所结交的人都不是些好人，你是没法期望自己获得成功的。

尽可能养成晚上待在家里的习惯吧，对一个年轻人来说，没有什么事情比形成了习惯，觉得自己每一晚都必须在街上或者某些公共场所度过更为糟糕了。

我希望你们离开这所学院的时候，无论你是否毕业了，无论你是在这里待上一年还是四年，都能记住：你要在你的社交圈中为每一个人树立一个高尚的榜样。你要记住，每天人们都会看着你，要是你沉湎于烈酒，结交狐朋狗友，其他人也会和你一样的。他们会像你一样塑造自己的生活，因此，你要让自己的生活成为榜样，让成百上千要从你那里得到指引的人因你这个榜样而得益。

质朴之美

我希望，你们都认真听取了小威廉·亨利·鲍德温[1]先生最近做演讲时所说的话。我相信，他简简单单的几句话就把这所学院所立足的根基告诉你们。你们会记得，他着重强调了让这所学院保持简单，让它一如既往地质朴。

没错，在过去的几个月里，这所学院已经赢得了大量的关注，并且正在取得世人眼中所谓的“成功”。但我们必须记住，一所学院就如一个人，在很多时候，“成功”往往比贫穷更能伤害他。现在，只要我们的教职工、学生以及学院的所有人都保持质朴、诚恳、细致，我们的学院将会继续成

①小威廉·亨利·鲍德温（William Henry Baldwin，Jr，1863—1905），曾是美国长岛铁路公司的主席，毕业于哈佛大学。

功，将会继续以善意和信心，将这个国家最优秀、最睿智以及最慷慨的人都团结起来精诚合作。

而一旦我们学院任何一个部门表现出正变得如世人所说的“高傲”，很快人们就不再对我们有信心，不再支持我们，这所学院也很快就会没落。我们会继续壮大，伴随着建筑物、院系、仪器以及师生数量的增加，伴随着人们对我们的信心，我们会壮大的，但前提是我们要做好本分，实现学院创建之初阐明的宗旨，那就是——让年轻人学会如何把事情做得特别出色，然后凭此过上一种简单、朴素、高尚的生活。

当我提到谦逊和质朴的时候，不是说必须要让世人所谓的“男子气概”和“女子气质”从我们眼前消失，也不是说我们要变得畏缩和怯懦。但你们会发现，从长远来看，在这个世界上最有影响力的人，都是些谦逊而质朴的人。

现在，我们不但要保持谦逊，还必须保证，在学校每一个系里所做的事情都做得细致周到。每一所学院，当它壮大起来的时候，无论是数量上还是其他方面出现变化，都面临着巨大的风险。在这种时候，只有那些对自己所肩负的责任高度重视的学院才会获得成功。

只有当参与建造工作的每一个人都做好自己的本职工作时，才能成功地建起一幢幢漂亮坚固的建筑物。只有当每一个参与建造的学生——无论是负责制造砂浆的学生，还是负责砌砖的学生，只有当他们都全身心地投入自己的工作中，尽可能细致地完成自己负责的部分时，才能成功建起大楼。负责制造砂浆的人，他就必须把砂浆做得尽可能好；然后，到了明天，他也应该做到和今天一样尽力甚至更好；到了下周，他应该做得比这周更好；而负责砌砖的学生，就必须学会竭尽所能把每一块砖头都砌到最好，然后，到了第二天，砌得比前一天更好。

我们必须要记住：我们有责任保养好我们的建筑物，不但要细致认真地建起我们的建筑，我们还要想办法好好保养它们。我们必须确保，在热心人士的慷慨资助下，通过学生们辛苦劳动建立起来的建筑物不会受到任何方式的破坏。

你们要让新来的学生明白，这些财产都是你们的，这里的每一幢建筑都是你们的。

任何学生都无权以任何方式来毁坏这些辛苦建立起来的东西，在朋友们的慷慨帮助下建立起来的东西。要是你看到有学生拿铅笔在一面由你涂抹制造的石膏层上涂鸦，你必须去告诉他，他正在破坏的，是你辛苦建立起来的东西，当他破坏这些东西的时候，其他学生就没有机会好好享用这些东西，而那些学生本该享受到这些东西。

我们要保证，在这所学院的每一个院系里，都保持着质朴、谦逊和细致。无论是在系里，还是在教室里，你们要保证，无论有什么任务托付给了你，你们都会用心去完成这项任务。

我们并未预期得到昂贵精美的建筑，我们也不想要。但我们希望拥有用心建起的、富吸引力的建筑。并且，要是我们能继续以此种简单、谦逊的方式行事，终将得到我们所想要的任何建筑。只要我们的朋友看到，我们到了理应拥有这些美好东西的时候，他们就会向我们施以援手。

我们要保证，没有一个院系会有浪费的现象出现。

我们必须用好每一分钱，就如我听到鲍德温先生所说的："我们必须用尽每一分钱，用到极致，用得恰到好处。"现在，我们必须为所做的每一件事注入良知，否则就是一种浪费。无论是在寄宿部还是学术部，或者工业部、宗教部，在我们所有的部门院系，我们必须为我们所做的每一件事投入良知，否则就会出现浪费。让我们保证，给我们的每一分钱都不会被浪费，因为就是那些捐助我们的人，几乎每年、每周、每天都会有人呼吁他们给予捐助，各种名目多达数百个，而他们需要选择该捐助哪一个。他们决定要捐助这项事业还是那项事业。如果我们能让他们感觉到比别的同类型学院更值得捐助，他们就会把钱捐给我们。

我们还要保证，让自己的衣着和整个外表保持质朴。如果一个贫穷的年轻人，学费由他人资助的，没有书，有时没有袜子，有时连不太烂的鞋子都没有，却戴着一副雪白、坚挺、闪亮的衣领——而那是他送去让别人代劳清洗浆熨的衣领。我可不喜欢看到这样的年轻人，不想要求人们出钱资助他们。对一个年轻人来说，自己清洗衣领要比假装成一个他根本不是的人好得多。当你把衣领送到城里洗衣店熨洗的时候，意味着你有银行账户，意味着你银行账户里有钱，意味着你有钱过得起奢华的生活，可你真的能负担得起吗？我可不大相信，而那样的行为与假装不会带来任何回报。

做回正事吧，就如我曾说的，要是我们这里的人没法弄好你的衣领，那你就拿些肥皂和水，再找些淀粉和熨铁，学习自己熨洗衣领。你就一直坚持自己熨洗它们，直到做得比其他任何人都好。

我可不是在试图阻止你们穿戴优质的衣领，我也喜欢看到每一道衣领都是闪亮的，能尽可能地洁白。我也喜欢看到你们穿戴着漂亮迷人的衣领；但是，我不希望你们以为：衣服就能代表人。很多时候，你们可以看到优质的领和袖，却发现内里如此空洞。你们应该先做好人，保证衣服里的是一个真正的人；只要一个真正的人在那里，总有一天领和袖会出现在他身上的；可如果没有一个真正的人，就算我们把所能戴上的领和袖都戴上，内里还是空洞无物。

当你完成学业，走出校门，并且进入某些行业的时候，当你学会了存钱并且有了自己的银行账户的时候，要是你所在的地方没人能把你的领子弄好，那时也许你也负担得起把领子送到四五十里外的地方去熨洗。但是我不相信，现在就在我面前的你能负担得起。要是你真的负担得起，我倒希望你把那些钱用来支付部分学费，如今我们可是让其他人来代你支付了部分学费的。

你还要非常明确，当你走出校门进入社会的时候，你不会以工作为耻、以学以致用为耻。当我和毕业生联系的时候，我很高兴地发现，这些在我们学院学习了足够长时间并且熟知学校所推崇的价值观的学生，没有一个会以亲手劳作为耻；我希望我们能保持这样的名声，我希望每一个离开这里的学生都能建立这样的名声。

然后，记住要让你的言语保持质朴，用最简单平实的方式来写信。当小洛克菲勒①先生数晚之前站在这个讲台上讲话的时候，你们当中有谁不明白他说的话呢？在他的演讲中，有没有哪怕一个单词、一段引用或者数字是你所不能明白或者不能欣赏其全部力量的呢？他的父亲可能是这个世界最富有的人，但是他的演讲中没有任何华而不实之处。每一个词都那么简单平实，每一个人都能明白他所说的一切。他没有引用拉丁或者希腊语录。

有些人会有这样一种观念：当他们受过一点教育又有了

---

①小洛克菲勒（John D.Rockefeller, Jr.，1874—1960），美国标准石油公司即后来的美孚石油公司的创始人之子。

一点钱的时候，他们就可以用一种无人能明白的方式说话，这样他们就算是受过教育的人了。这可大错特错了！因为没人明白他们，连他们自己也不明白自己，没人会对这样的事情产生共鸣的。如果你要写东西，就用尽可能平实的方式来写，用尽可能少的字，用尽可能简单的词汇。

要是你用一个单音节的词就可以表达你的意思，你就用单音节词而不要用双音节词。如果你没法用单音节词来表达，那就尝试用一个双音节词而不是三四个音节的词。无论如何，让你的话尽量简短，让你的句子尽量简洁明了。

简单质朴之中蕴含有大力量，无论是质朴的演讲，还是质朴的生活方式。世界对那些肤浅的人、总想卖弄炫耀的人、企图在世人面前假装自己是某一类阶层的人毫无耐心。

有时，你会对某些州将要通过的法律感到恐惧和沮丧，但是，没有任何一个州、一个市，地球上没有任何一种力量可以消除一种高贵、淳朴、简单而实用的生活所带来的影响。每一个懂得如此生活的人都会有机会发挥他的影响。

没有人能够永远压制这样一个种族：一个正在汲取那些为世界所认同力量的种族，那是世界一直认同并且将会继续认同的力量，那种力量体现了最高贵的英雄气概和温柔特质。

因此，没有什么好沮丧的。我们正在大步前进，而且，只要不被这些偶尔出现的困难吓倒，我们就能继续前进。你会发现，每一个理应受到尊重、赞扬和认同的男女，都会受到尊重、赞扬和认同。

竭尽全力

如果你们还没有竭尽全力——当然我实在很希望你们已经这样做了，我认为你们要明白，对你们每一个人来说，都适宜在这个季节停下来好好考虑一下你们的学年，从每一个角度来思考你们的学校生活。假设你们的父母或者家乡亲朋就在你面前，假设那些支持资助这所学院的人就在你面前，假设老师和其他所有以各种方式关心你的人就在你面前。

现在，假设今晚你就坐在父母的身边，旁边就是壁炉，你看着他们的脸；又或者，假设你身边就坐着你最亲密的朋友，那些给了你最多帮助的人，那些一直鼎力支持你的人。假设就这样，我希望你们来回答这个问题：到目前为止，回顾一下你的校园生活，你在学习上已经竭尽全力了吗？

你有没有对你的父母保持诚实？多年来，他们默默无闻地努力挣扎、埋头苦干，作出了许多牺牲，只为了让你可以来到这里并留下来，你有没有对他们保持诚实？你有没有真正关心他们？你有没有对你的老师说实话？你有没有对那些支持资助这所学院的人说实话？

简而言之，当你们预习和朗诵课文的时候，你们有没有做到最好？请你们凭良心来回答，你做到最好了吗？恐怕，你们当中的大多数，直面良心、直面真我时，发自内心而给出的答案是：你还没有做到最好。**总有一些宝贵的时间，宝贵的分分秒秒，彻底被你丢弃了，从这些被丢弃的时间里你什么都没赚到。**

好了，假如你能发自内心地诚实回答，说在预习或者朗诵课文的时候以及做其他一切事情的时候，你还没有做到最好，那么，亡羊补牢为时未晚。要是到了这个学期结束的时候我才来提醒你这件事，那就太晚了，而我也会因此觉得遗憾的。

要是到那时才来提醒你，你们当中很多人也许就会愁苦地拉长了脸说，要是我早点提醒你们，你们就可以做得更好了，你们就可以对父母和朋友更坦诚了，无论从哪一方面看，你的生活也会大不一样了。所以，我现在提醒你们，犹未晚矣。

假设——其实就我所知，这个假设适用于你们当中为数不少的人——假设你已经丢弃了许多宝贵的时间，你对老师给出的建议充耳不闻，你在预习课文的时候马马虎虎，你在背诵课文的时候磕磕绊绊，我希望你们能够诚实地对待并告诉自己："从今晚开始，我将管好我自己，不再放任自流，持之以恒，而作为一名学生，我的生活将会和从前大不相同。"

现在再次假设，你的父母、最亲爱的人就在你面前，再来回答这个问题：你在这里做功课的时候、劳作的时候，你竭尽全力做到最好了吗？在田间、在店里，当你拖着铁犁、拿着泥铲、握着锤子、拉着锯子的时候，你发挥出最佳水平了吗？你在缝纫室里、在烹饪课上做到最好了吗？你让父母为了送你来这里念书所牺牲的时间和金钱变得有意义了吗？

如果你在上述方方面面还没有做到最好——而你们当中很多人确实还没有做到，那你们仍然需要花些时间来改变一下自己，做一个完全不同的人，现在还不迟，你可以把自己彻底改变过来的。你们当中那些漠不关心而行动迟缓的人，那些粗心大意、马马虎虎的人，那些想尽一切办法在劳作时偷懒的人，对你们来说，现在还不迟，你还可以改造自己，你还可以对自己说：从今晚开始，你将成为一个完全不同的人。

在让你身边的环境符合学校要求方面，你发挥出最佳水平了吗？要知道，你就是学校生活的一部分。在学习如何照顾自己、如何让自己保持整洁纯净、如何认真有规律地使用牙刷方面，你们发挥出最佳水平了吗？当你独自一人去做那些事情的时候，你足够老实吗？你使用牙刷是不是因为你觉得，这是学校提出来的要求；还是因为你觉得，如果你不用牙刷，就是不能整洁、真诚地和你的舍友相处，不能让上帝看到真实的你？

当四周一片黑暗时，你是不是亦如身处光明时一样使用牙刷？你有没有明白，某天即使没有人来检查你的房间，你也应该认真细致地让你的房间保持整洁，与有人要来检查无异？你在这个方面足够细心了吗？你有没有逃避或者忽略这个责任？有没有把部分责任推给你的室友？你有没有像某些俚语所说的那样“开溜”或者“得过且过”，因而没有通过用心的工作来保持房间的整洁，让其变得更好、更吸引人？

对你自己、对你父母、对那些捐助了这么多钱来支持资助我们学院的人，你真的足够诚实了吗？总而言之，你真的对你父母足够真诚，真的遵从了你最好的本性，努力让自己变得有骨气、够坚持、彻底坦白了吗？

譬如说，你们当中那些初来乍到时还有撒谎习惯的，或者会变着法子作弊的人，你们当中那些初来乍到时依然经不起诱惑的人，屈身诱惑之下要拿走一些不属于你的财物，你们有没有尽力去戒除这些习惯？有没有努力锻造自己的品格？你现在是不是更经得起诱惑？比起以前的你，现在的你是不是更能抵制诱惑？如果你还不是，那你在这方面就是毫无进步！

但是，现在还不迟。如果你们当中有谁，曾经如此不幸地让那些卑劣的习惯、性情、行为、思想和言语所支配，如果迄今为止，你过的是一种卑微、枯燥、狭隘的生活，那你就要摆脱这种生活。打开心扉，现在就告诉自己，“我将不会再让那些卑劣的思想、言语和行动压倒我。从今以后，我的所有思想、所有言语、所有行动都将是宽广的、慷慨的、高贵的、纯粹的。”

简言之，我希望你们固守这个信念：你可以按你所想的那样去塑造未来。如果你明白了这个基本的道理，并且无论是在学校还是以后走出校门时都可以坚持这个信念，你可以让未来一片光明、快乐而充实。这个基本的道理就是：

没有人可以在不竭尽全力的情况下获得回报，除非你全身心投入了，否则不会有任何回报。那些不诚实的人，没有在教室里或者商店里竭尽全力，无论他在哪里，长此以往，他将发现不会有收获。某些短暂的时间里也许你会觉得这样挺好，但长远来说，没有任何一个人可以在不老老实实发挥出最佳水平的情况下获得任何回报。

现在我希望你们想想这些事情：放纵到此为止，就在今晚这所教堂里。到明天，我希望看到，你们的教室里、你们所接触到的一切都会因为你们而变得闪亮，即使是你们的手指头也要闪亮，我要看到你们在每一件事上都做到最好！就这样去做，当到了学年末的时候，你们就会发现，你已经变得更强壮、更纯粹也更聪明，你让你的父母以及所有关心你的人更快乐，你已经做好准备，不会辜负这所学校以及这个国家对你的期望。

不要灰心

上个周日的晚上，我花了几分钟来和你们谈了在校园生活的每一个阶段都决心做好正事有多重要。然而，总会有些事情，会令那些摇摆不定的人半途而废，一旦这些事情发生在校园里，它就会在很大程度上妨碍学生们做到最好。其中一样，就是养成了易于灰心的性格。有太多的人、太多的学生，他们本来可以成功、圆满地过完校园生活并带着荣誉毕业的，但他们却失败了，只因为他们变得灰心丧气。

校园生活里会有好些东西令学生变得灰心，我将要列举出其中一部分，尽管我也不太肯定是否能把这些全部罗列出来。很多时候，学生们会因为自己的劳作而变得灰心丧气，不是天性让他们如此，也不是因为他们没有被分配到自己想从事的交易项目。另外还有很多人感到气馁是因为他们的课堂学习：他们发现，学习很困难，课文太长而记忆力有限；自己很难明白老师讲课的内容，又或者老师很难明白他们的思想。有些人则因为觉得自己完全被老师和同学们误会从而感到无比沮丧。他们觉得，在教室和商店里所付出的努力并没有得到赏识。

另外一些人呢，则是因为觉得自己没有朋友而感到沮丧。在他们看来，别的学生都有朋友，这些朋友会鼓励他们，给他们提供金钱资助，还会给他们提供衣服，而他们自己则没有这样的朋友。

你们会因为诸如此类的理由而泄气，觉得你们尽了最大的努力却没有得到欣赏，所有这些都有可能让你感到沮丧。你们当中还有不少人，会因为觉得属于一个备受藐视的种族而感到灰心，长久以来，肤色或者某些古怪的特质在折磨着你，让你无比唏嘘；因为觉得被人忽略了或者受到了压制，所以你感到沮丧，你找不到理由让自己努力前进，认为自己属于一个注定要失望、只能过着低下生活并且不可能成功的种族。

你们当中有些人则是因为贫穷而感到灰心和消沉。也许在这里，我击中了大部分令人沮丧的事情的本质。你们来到这里之后，你们的父母让你们失望了，他们没钱给你，没法给你得体的服饰，或者一切你认为你应得的东西，而很多时候，你确实是需要拥有这些东西的，然后，你就感到沮丧了、气馁了。你发现了，其他学生都有钱，可你没有。他们不但有钱买学校生活的必需品，甚至还有钱买奢侈品，而你呢，几乎连买最基本的必需品的钱都没有。其他学生的衣服多得穿不完，而你的衣服则少得可怜。很多时候，你因为寒冷而颤抖，而其他人却能穿着舒适、打扮得体。有时，你甚至耻于面对大庭广众，因为你不得不穿着老旧的大衣、裤子和鞋子。

你们当中另外一些人呢，则因为找不到适合的书本而感到沮丧；有些人因为没法筹到所需的钱来买书、买牙刷或者其他生活必需品而感到沮丧；你发现自己在每一方面都很不顺心，你不是因为这件事沮丧就是因为那件事难过，你觉得，没有谁的生活会过得像你这般艰难。你灰心、不满，你想要放弃。

今晚，我要告诉你，这些令你灰心丧气的东西，作为生活不可或缺的一部分，自有其目的及意义。我从不相信，生活中会有一件事情是毫无意义的！我相信，每一次我们努力越过障碍都会带来力量，让我们对自己充满信心，这是其他任何东西所无法赋予的。我宁愿看到你们为了让自己生活得更好而努力拼搏，看到你们在农场劳作时、在建造校舍时或者在商店兼职时辛苦挥汗，没有钱也没有衣服，我们也不愿意看到你们在这里有着太多的钱，并且在毫不费力的情况下就得到你想要的一切。

和有些人比起来，你们是受到庇佑的孩子。那些有钱的、不用辛苦工作挣钱、毫不费力就过上舒适安逸生活的人，要是同时还能拯救自己或者别人的灵魂，实在是很少见的，简直就是罕见。

你身处贫苦的境况对你们来说不是一种诅咒，而且，要是你能下定决心去克服现今环绕在你身边的种种困难，你就会发现，当你努力克服这些困难的时候，你的力量和信心也会随之增长。下定决心吧！不要让任何东西使你感到灰心丧气，不要让难学的课文、老师的斥责、对金钱和书本的渴望使你感到沮丧。下定决心吧！不管你的种族和肤色如何，也不管你究竟遇到了什么障碍，无论如何，你要在学业上取得成功，并且让自己从此成为一个有用的人。

每一个有用的、卓越显赫的人，几乎毫无例外地都是通过克服困难、跨越障碍成长起来的，他果敢坚毅，遇到挫折时也决不放弃。下定决心吧！你要跨越每一个挫折，你不会让任何的障碍压倒你。你们当中那些容易喜怒无常、闷闷不乐的人，那些总觉得整个世界都在与你作对的人，那些认为努力尝试提升自己是白费力气的人，你们要记住：你的前途和别人一样可以是一片光明的。只要你这样做了，你就会发现，你的前途究竟是如你所想般光明还是暗淡，全由你自己来决定。

安身立命之所

每一位黑人都应该让他自己以及他的子女尽快有一个安身立命之所。不论占地多么小，也不管上面的建筑多么粗陋，给自己一个可以称为“家”的地方刻不容缓。

其实，给自己建立一个家，比许多人所想的来得容易。每周省下来一点点钱，或者每月省下来一点点钱，然后谨慎地投资到一块地上，很快就可以保证自己有一块能建起温馨房子的地皮。任何一个人，在没有拥有属于自己的舒适的家之前，都不应自满。越来越多南方的州正在给投票权套上限制条件，要求拥有至少300美元财产的人才可以投票。因此，一个人拥有自己的家，不但会因为拥有一所自己的房子而受益，从另一个方面看，还会因此拥有了投票权。

当选择土地的时候，要非常小心谨慎。要是地皮位于拥挤、肮脏的小巷里，那是没什么好处的。你们应该去一条环境良好的街道寻找地皮，最好就是那些获得悉心管理的街道，这样一来，家园四周的环境才能令人愉悦。即使要走过很多的地方才能找到这样一块地皮，也远好于你在一些丑陋、不讨人喜欢的地方建一座房子。

对我们来说，在乡村置一块田地要比在城市里买一块地好。但无论是在乡村还是城市，在保证能有自己的家园前，我们不能自满。作为男子汉，可不能在没有房子的时候就去结婚，让他的太太承受着在他死后居无定所的风险。

我很遗憾地看到，我们有很多的同胞，当他们已经买了一块地并在上面建起了两三间房子之后，他们就自满了，就再没有想办法让自己的物业变得更好了。首先是房子和地块都没有保持整洁，这是很多人都会有的问题，如栅栏失修、粉刷不当。其实，当房子买下来之后，就应该给其以最精心的保养，让其保持在一流的状态，要让房子的墙壁和栅栏都整齐地刷上石灰或油漆，不应该让栅栏上的木条脱落，或者已经脱落了就看着它们不管。要是有粮仓或者鸡舍，也应该把它们保养好，和房子一样，也该给它们刷上石灰或者油漆，让它们看起来整洁迷人。

石灰和油漆可以增加一所房子的价值。要是人们把海侃神吹的时间或者在街上闲逛的时间分一点出来，给房子刷上石灰和油漆，那房子的外观就会大大不同，其价值也会因此有所提升。

就在不久前，在某个镇的附近，我参观了某所房子，可我实在没法把这房子称作一位老牧师的家。那是一位受过良好教育的人，把自己的时间都花在了其教区，四处向成百上千的黑人同胞布道传教。可就是这样的一个人，他的家堪称是他个人也是他这个种族的耻辱。

整个房子都没有刷石灰或者油漆，栅栏也一样，院子里杂草丛生，也没有路径，当然也没有花。房子外面、院子里面的一切都堪称晦暗之最，令人感觉乏味。在我所看到的范围内，我没有在房子四周看到哪怕一棵蔬菜，也没有看到小鸡或者其他家禽。

这不是生活该有的方式。这更加不是一位牧师或者一位教师所该有的生活方式，因为他们不但要用言语来带领人们，还要以身作则，树立榜样。每一位牧师、教师都该让他的家、院子、花园，统统都成为那些他尝试教导或指引的人效仿的榜样。我得坦诚地说，如果一位牧师，其家园的状况和我在上面描述的情况差不多，对他的布道我可没有多少信心。我的同胞们，我们实在没有必要养成住在那样的环境的可悲习惯——没有必要住在那些年久失修、没有粉刷的房子、让人不适的房子，尤其是一些并非我们所拥有的房子里。为什么就不能让房子不但舒适而且迷人呢？这样，至少人们光看房子的外观是没法分辨出这房子里住的究竟是白人还是黑人了。

当买下一所房子后，我们不但每年要修缮房子，让它变得更好，而且，随着家庭人口的增加，我们也该扩建房子。一所房子不但应该保持舒适，而且应该方便好用。应该尽快有个起居室，在里面放上书和报纸，在冬日的晚上，让一家人都可以在里面阅读、学习。而且，一所完整的房子是不该缺少洗澡房的，因此房子里也应该尽快有个洗澡房，这样，每一个家庭成员在每一个早晨都可以有干净新鲜的水源来洗澡，并因此而精神大振。这样的冲洗，可以让一个人精神饱满地投入一天的工作中，让人不但保持体力充沛，而且在精神上保持良好的状态，令人认真而虔诚地工作。

房子里另外一个重要的地方就是饭厅。饭厅应该是一所房子里最吸引人、最舒适的地方。它应该是宽敞、通爽的，里面光线充足，无论夏天还是冬天都感觉舒适。我把这些建议给你，是希望你能把这些应用到实践中，然后可以影响别人，让别人也如此修建房子。

尽管我们整个种族依然贫穷，以上的种种建议，在很多情况下，都是可以应用到实际中的。我们的教师、牧师以及那些受过教育的年轻人，都应学会把这些建议付诸实践。在学校里、在教堂里，在农民会议上、在妇女会议上，其实无论在哪里，只要大家齐聚一堂，就应该有人来教导他们。

名副其实

数晚之前，我跟你们讲了，在步入社会之前，学会保持质朴、谦逊、赤子之心究竟有多重要。在你明白自己对很多东西一无所知之前，在你愿意向任何一位乐意教导你的人学习前，你都该继续留在学校里学习。

很不幸，在南方，有很多事情，都远不是我在上面所讲的那样质朴。人们倾向于把事情弄得面目全非。以学校为例子来说吧，很多时候，人们喜欢用一些不属于学校的名字来称呼学校，而这些名字还不能正确地反映现实。你们会发现，这种风气一年比一年盛行，把一所学校叫作大学、学院、研究院或者高中，我们很少会听到人们用平实、普通的名称来称呼一所学校——称其为公立学校或者初级学校。

如果任由这种风气侵蚀自己，不会有什么好处。如果一所学校是公立学校，那就这样叫它。但千万不要以为，当我们把一所只有两三间教室和一两个教师、里面有些学生还在学习字母表的乡村小学校叫作“大学”，我们就能获得什么好处了。可就像你们所知道的那样，在南方，这种名不副实的做法实在是太多了。这样做不会让人赢得尊敬或者自信的，相反，理智的人们会对此类造作的行径感到厌恶。当你进入现实社会并且碰到类似情况时，尝试让人们明白，恰如其分地称呼他们那小小的公立学校，要比把它叫作“高中”或者“研究院”更好。我不是说，那些学校没有权利向往着变成一所高中或者学院，我想要表达的是，对一个种族来说，养成了习惯，把每一所开门授课的小小学校都叫作“学院”或者“大学”，那是有害的。那只会削弱我们，让我们变得无法脚踏实地，不能建立起坚实的根基。

此外，当我们把每一位站在讲道坛上布道的牧师或者其他人称作“博士”，而不管他是否获得了这个学位的时候，也在犯着同样的错误。

理智的人早已对此感到厌倦。神学博士学位，曾经一度备受尊崇，并且只授予那些有权享有这个学位的教长或者那些做了大量学术工作或独创研究的人。在受过良好教育的人群中，仍然保留了这种规则。但今天，尤其是在南方，很多开门授课的小学校，一边把自己称作学院或者大学，一边开始给一些与神学博士学位不相称的人授予这个学位。有些时候，甚至那些无法让这样的学校给他们授予学位的人，他们索性就自称为“博士”！这样的风气如今无比盛行，连小镇里的教长也会自称为“博士”。当一位牧师遇到另一位牧师的时候，他会说：“博士早上好啊！”然后另外一位为了让自己和他的朋友一样礼貌，就会回应说：“你好啊，博士！”如此“礼尚往来”，直到两人都开始相信他们真的就是博士。好了，这样的行为不但可笑，而且会对我们的种族造成损害，我们不该鼓励这种行为。

还有，很多本应传道授业解惑的人也应该接受类似的批评。一个在乡村小学教书的人，也许就在灌木丛中的凉亭里教书，偏偏被叫作“教授”；随便一个带领着一个班的人都被叫作“教授”。不久之前，我去探访了一个小镇，当我听到人们提起某位“教授”时，我很想知道这位教授究竟是谁，于是我等了好几分钟，这位“教授”最终出现了，然后我认出了他——是我们一个补习班中的一位成员！你们可千万不要让自己陷于这种愚蠢而可笑的境地，这让社会蒙羞。要是人们企图叫你“教授”，或者用其他名过其实的头衔来称呼你，你就要告诉他们，你不是个教授，你只是一个普通的“先生”。对任何人来说，这样的头衔已经够好了。当我们到了相应的境界时，自然就有权被称作“教授”，可是，当我们滥用这个头衔的时候，只是在令这个彰显学术成就的头衔蒙尘蒙羞。

还有，当我们读出所写的作文、演讲稿时其实不过是在大段大段地朗诵他人的文字时，也在犯着同样的错误，也是在滥竽充数。

你们可以到任何一间有我所讲的那种“神学博士”的教堂去看看，几乎在每一间教堂里，都可以听到那些从书本和刊物上摘抄下来的布道内容。那些论文、演讲、布道内容，通通都不是出自他本人之手，通通都来自一个不坚实的基础。

因此，我要提请你们注意一种错误。在南方的许多地方，尤其是在城镇，会有些出色的公立学校，那里设备良好，各种仪器和材料齐全，还有杰出的教师，但某些时候，由于有少数宗教学校阻止公立学校招生，让这些学校的学生数量不足，这些公立学校的发展受到了阻碍。这些教派会要求，如果学校不能建立在某些宗教的教堂里，那它们最好离这些教堂近些。在普通的小镇里，也许会有各个教派的教堂——非洲人美以美教派（the African Methodist Episcopal church）、锡安教会（the Zion church of the Baptist church）、卫斯理循道会（the Wesleyan Methodist church）——诸如此类，都在小镇的各个区里。这些教派组织，倘若获得了城市或者小镇提供的经费支持，不但没有支持一所公立学校，反而剥夺了天真的孩子们去那里受教育的权利。

我们要对那些乐意接受此种现实、乐意让孩子们被剥夺受教育权利并让孩子们接受二流教育的人说：你们错了。我希望你们能让人们知道，伟大的公立学校系统是美国这个国家的最大荣耀，因此，当我们企图摧毁那些公立学校的时候，于事无益。当然了，对每一个教派组织来说，他们有权利也有责任建立他们自己的神学院。在那里，那些准备好要献身讲坛布道的人可以学到教派的教义。但是，没有人有权力让这些教派组织摧毁公立学校的心血——每个人都有去上公立学校的自由。

我仍惦记着一个地方，在那里，黑人能有一所出色的学校，和白人的学校相差无几。我参观过那里的校舍，发现那里有不错的仪器和有才能的教师，看到那里的人们表现一流。此后，有人带领我去离城市大约一英里远的地方，那里有另外一所学校，只有一个不太胜任的老师，大约有六七十个学生，在接受着糟糕的教育。在这个地方，三流的老师在三流的校舍里努力地教学，学生们因为缺乏适当的指导而深受其害。为什么会这样呢？只是因为人们希望在城市的这一区里有一个属于他们教派的学校。

现在，你们就需要鼓起勇气，好足够勇敢地去谴责此类错误的行为，并告诉人们他们在这方面犯了什么错误。

我讲了上面那一大堆的错误，是因为那些错误阻碍了我们建立一个坚实的基础。很多时候，它们还会妨碍我们获得教学时所需的、布道时所需的以及做许多其他事情时所需的领导力量。因为，无论你要到哪里去，请记住，你将要发挥你的影响力去支持那些更好的老师和牧师，支持那些做好准备可以成为人民领袖的人。只要你在这些方面作出了正确的抉择，人们就会跟随你。

欧洲印象

在美国，有些人会认为，我们当中有部分人，在给黑人提供的工业培训这事上实在是小题大做。对于那些怀疑论者，我希望他们能去欧洲看看，看看那些比我们早了好些年就发展起来的民族在这方面是怎么做的。我不打算在这里花时间讲述欧洲在给男士们提供工业培训方面做了些什么；相反，我打算讲讲，在英格兰，他们为妇女做了些什么。

我和我太太造访了位于英格兰史旺雷（Swanley）的女子农业学院（the Agricultural College for women），在那里我们见到了40位聪明优雅的女士，她们当中大部分人都是毕业于高中或者某些学院的，但现在她们都在这所学院里学习农耕、园艺、畜牧和家禽养殖的实际技能。

我们发现，她们会在实验室和教室里学习农业化学、植物学、动物学以及应用数学；我也同样看到她们在园子里，种植蔬菜、修剪玫瑰花丛、施肥、种植葡萄，在温室和田地里栽培水果。

为了给我的同胞另提一个建议，我不得不说一下，当我在英格兰的时候，我发现，当地一位甚具影响力的议员会将其议员工作暂停三日，转而去主持“全国家禽养殖员协会”（the National Association of Poultry Raisers）的会议，这个会议的与会者来自全国各地。

我和我太太造访荷兰的时候也看到了很多你们也许会感兴趣的东西。曾有一种说法：上帝创造了世界，而荷兰人创造了荷兰（God made the world, but the Dutch made Holland）。要是想完全认识到此句话中所表达的力量，你们一定要亲自去荷兰看看。要是想探访荷兰内部以及那里的农民如何生活，最好的方式之一就是像我们一样，坐上来往于比利时安特卫普（Antwerp）和荷兰鹿特丹港（Rotterdam）之间的运河船只来一趟旅行。对于我来说，对比一下荷兰的乡村生活和美国南方黑人的乡村生活是一件颇有趣的事情。荷兰的大部分领土都是由一套独特的堤坝系统构筑起来的，这些堤坝用于抵御海水侵蚀，好让人们把小小乡村里各片田地都全部运用起来。

我们的黑人农夫同胞可以从荷兰人那里学到的最好经验就是如何充分利用一块小小的地来进行耕种，而不是在一片四五十亩大的土地上胡乱耕种。我曾亲眼见过，在那里，有个家庭耕种着只有2亩的土地，却过得很好。对比之下，在我们南方，很多时候这里的农夫耕种着50亩到100亩的土地，却每每在年底时发现自己负债累累。我不相信，有人能在荷兰找到一片100亩被浪费的土地。那里的每一寸土地都种上了青草、蔬菜、谷物或者果树。南方的农夫们假如效仿荷兰的农民还会有另外一个好处，那就是他们不必花那么多钱在马或骡子上。在荷兰那里，大部分的耕耘工作都是通过锄头铁锹完成的。

我曾在周日以及其他时间见过荷兰人，但无论是男人、女人还是小孩，没有一个人衣衫褴褛。而且没有乞丐也没有特别穷的人，他们的繁荣生活，很大程度上应该归功于他们那些细致而聪明的耕耘工作。

除了这些精耕细作值得学习外，那里另外一样极为引人关注的事情同样值得南方的人民学习，那就是他们的优良乳业，那可是让荷兰扬名世界的事业。在那里，即使是最穷的家庭也会拥有属于自己的霍尔斯坦种乳牛（Holstein cattle），而它们是我所有幸见过的最好乳牛品种。单是为了看看数千头这样的乳牛在草地上放牧都值得去一趟荷兰了。正是由于他们对这些乳牛的精心喂养，使得荷兰出产的黄油和奶酪在整个欧洲都广受欢迎。在那里，最普通的农民都可以通过售卖黄油和牛奶而获得现金收入。

那里的很多人从风力上赚到的钱，比我们南方可怜的人们从土地上赚到的钱还多。几乎在每一个农场都可以看到那些传统的风车，它们不仅仅是用来抽水喂家畜，很多时候还可以用来制造乳品，用来锯木，用来碾磨谷物以及用来推动重型机械。然而，那里的人和我们南方的人没有什么不同，他们的妇女和儿童一样会在田地里劳作。在这个方面看来，我觉得他们比我们南方的黑人走得更远。

这些从事农业、乳业的人身上一个特别明显的优势就在于，他们当中的许多人都接受过学院或者大学的教育。他们往往会在受过这些教育过后，再接受有关农业和乳业的特别培训课程，这是对的。要是我们南方的大部分人也能在完成学术课程后听从种族的召唤回归农业，那我们一定能相应地繁荣兴盛起来。

至于外形方面，无论是优雅、美丽还是身姿体态，我认为我们都远胜于荷兰人。但是，荷兰人是一个刻苦耐劳、质朴粗犷、力争上游的民族。我们乘船游览运河的时候，总能在码头看到很多穿着木鞋的男士，还有很多女士和孩子戴着那些传统的漂亮头饰。那里的每一个族群都有其风格独特的头饰，那是从祖上一辈一辈地传下来的。

我们在周日去了鹿特丹。街上的男男女女自由自在地走在一起，甚为喧闹，令人注目。在这方面，我们美国人也许可以给荷兰人树立一个榜样。荷兰的文明，都是建立在当地人民对法律的尊重和遵守上的；而我们南方的人民要是也想赢得全世界的尊重和信心，那就要好好向荷兰人民学习。对于欧洲人来说，他们没法明白，南方何以能一而再、再而三地蔑视自己的法律。要是你问问大西洋那边的人，随便一个人，问他为什么不移民来美国南方，他一定会耸耸肩对你说："他们没有法律，随意杀戮。"我向上帝祈祷，希望我们国家再没有一个地方会在世界上拥有这样一个糟糕的名声。

离开荷兰之后，我们去了巴黎。如果你能想象到让纽约、波士顿和芝加哥的时髦与华丽旋风一起刮过某条繁华大道的时候，你也许就能理解，在一个美丽的周日，在巴黎的一条著名林荫大道上你能看到什么。流行似乎支配着那个城市的一切，比如说，当我走进一家鞋店准备买一双鞋的时候，我没法找到一双足够大足够舒适的鞋子。人们温柔礼貌地告诉我，那里不流行穿大鞋子。

当我去法国的时候，我总惦记着要去看一下杜桑·卢维图尔[①]的墓地。但是，一些定居在巴黎的海地人士却告诉我，杜桑将军的墓地在法国北方，而且他们还告诉我，将军的安息之处迄今仍没有任何纪念碑。似乎一段时间以来海地人还惦记着要把将军的遗体移葬回海地，但是迄今为止，此事未能得到重视。在我看来，海地政府和人民该担负起这个责任，保证这位英雄的长眠之地有个适合的纪念物，无论是在法国还是在海

①杜桑·卢维图尔（Toussaint L’Ouverture，1743—1803），海地历史上最伟大的人物，海地革命领导者之一。出生于奴隶家庭，受教育后，逐渐投入奴隶起义中。

地。说到海地人，巴黎有很多受过良好教育、非常有修养的海地人士，每年都有大量海地人被送到巴黎去学习，而且都能拿到高等奖学金。然而，很遗憾，他们当中有些人没有好好利用那里的学院所提供的先进培训，包括物理科学、农业、机械和家政学的培训。在进修结束后，他们就要回国，并且协助自己的国家发展农业，开发本土矿产资源。

除非海地拥有一大批受过良好教育的人，能够帮助国家发展农业、建筑道路、兴建工厂、铺筑铁路桥梁，并且因此帮国家省下一大笔如今每年都寄往海外支持他们生活学习的费用，否则，海地是不会发展到其应有的位置的。

在所探访的所有欧洲城市里，我们把街上普通百姓的行为与我们美国南方人民的举止做了比较，可以毫不犹豫地说，在绅士、淑女风度方面，我们一点也不相形见绌。即使是在野营集会或南方其他节日的集会上，大批黑人同胞的仪态也与我们在欧洲各大城市见到的普通欧洲人的举止标准相合。

我强烈反对人们奔向欧洲尤其是巴黎去寻找工作机会，除非你有些颇有权势的朋友和源源不断的金钱来支持你。我在巴黎的一个星期里，有三名黑人同胞探访了我，他们每一个人都在挨饿。他们都是善良、勤奋的人，去那里不过是想着那里的生活更轻松也更容易找工作。

但事实是，即使在街上游走数日，他们也找不到工作。他们不通晓当地语言，也不理解当地的人情风俗，这让他们的生活更加艰难。在其他美国同胞的帮助下，我帮其中一位黑人同胞安排了返回美国的行程，他对我的临别赠言就是："在未来，对我而言，美国就够好了。"

家庭生活秩序的好处

你们当中的大部分人，迟早要迈出校门，要为同胞的家庭生活发挥影响。你们将会对自己的家发挥影响，对父母的家发挥影响，或者对亲戚的家发挥影响。无论你去哪里，都会对一个家产生影响的——或好或坏，因此，这里的每个学生都该好好思量一下，如何才能给这些家庭带来最大的快乐。我给你们提出这点，是因为我希望你们意识到：你们当中的每一个人，当迈出校门的时候，就会发挥自己的影响。无论到哪一群居民中，如果你无法给别人带来好的影响，那你就没有实现这个学院的办学目标。

首先，你们应该看清方向，在那些能带来美好结果的方面发挥影响。在这些方面，让人们认识到怎样才是家庭生活的最高境界是很重要的。

很多时候我会发现，尤其是我四处交游并接触同胞的时候：许多人都会抱有这样的想法，只有当他们拥有了很多钱的时候，他们才能有个舒适的家。但是，我探访过其中一些最快乐最舒适的家，其主人都是些没有什么钱的人，完全可以把他们称作穷人。但是，在这些人的家里，一切井井有条、方便实用，让你觉得与待在一个大富人的家里一样舒适。

我要直截了当地说，首先，家庭生活中的一切都必须是便捷的。以三餐为例，一个家里要是腾不出专门的时间来做饭，没法坚持每一次都迅速把饭做好，那样是不大可能把家照料好的。在有些家庭里，可能是某一天早上6点就吃早餐了，第二天早上却要到8点才能吃早餐，到了第三天甚至要到9点才能吃早餐；午餐可能在12点或者下午一两点吃，而晚餐则是在下午5点或者六七点吃；即使这样，有时到了用餐时间，家里仍可能有一半的人不在场。这些情况浪费了大量本可避免浪费的时间和精力，也引起了许多不必要的烦恼。要是人们能明白，有必要把三餐的时间固定下来，并且在大家都在的时候开始用餐，他们就能省下大量的时间，也免去了许多的烦恼。如此一来，一个家就能避免一堆纷扰，还能省下大量的时间，用来看书或者做其他有意义的事情，这就是所谓的秩序。因此，不论你的房子多么廉价，也不管多么穷困，每一个家庭都有可能组织得井井有条。我很想知道，有多少主妇能在最黑的夜里，轻而易举地就找到屋里的火柴，这可是考验一个主妇是否是好主妇的一种方法，要是她没法做到，那可就是浪费时间了。要是你能把火柴保管在一个固定的地方，并且知会家人火柴会一直放在那个地方，那就可以节省大量时间，也免却了不少麻烦。但是很多时候，你会发现，火柴盒一会儿放在桌上，一会儿又出现在角落里的一个架子上，有时甚至出现在地板上。总之，一会儿这里，一会儿那里，忽东忽西。

在许多家庭里，每天都会有五到十分钟就被这样浪费掉了——就是由于主妇们的疏忽粗心。

再来说说洗碗布。你该有个专门的地方来放洗碗布，每天都把洗碗布放在那上面。一个不懂得给物件找个固定处所的人，每次要用一样东西的时候就不得不花上五到十分钟东找西找一番。他们会问："约翰尼或者珍妮，东西在哪儿？上次你用完之后放在哪里了？"反反复复，周而复始。

同样的道理也适用于扫帚。在一个井井有条的家里，你是不会看到一把扫帚被倒过来放的。我希望你们每一个人都清楚地知道，如何放置一把扫帚才是正确的。在井井有条的家里，你会发现扫帚不但不会倒过来放，而且有固定的放置地方，总会放在那里。要是物件不放在固定的地方，你就不得不去找它们，这时候，你耗去的不仅仅是时间，还有精力——而你本可以把这些宝贵的精力用在其他更有利可图的地方。大衣、斗篷、帽子……一切一切都该在屋子里有着属于自己的天地。

那些能让物件各归其位的人就能腾出时间来阅读、娱乐。你可能会觉得奇怪，为什么新英格兰（New England）那里的人能有那么多时间来阅读书本杂志，同时还有足够的钱寄到这里支持这所学院，资助大家接受教育。这些人的家里都是井井有条的，因此他们不用像你我那样花时间来担心一些我们本该清楚知道的事情，所以他们就有时间来让自己保持明智，让自己与时俱进。

要是我走进一间学生的寄宿公寓，我很少会见到那里的灯放在恰当位置上。当你走进这样一间屋子，你往往会发现，屋子里的人不得不花时间去找灯，当他们找到灯的时候，又会发现灯里的油不够了；早上有人忘记往里面注油了，这样一来，他们又不得不跑去找个灯芯，然后还得找个灯罩；最后，当他们把这一切都找齐的时候，他们还得去找火柴来点灯。

我很想知道，目前这里的女生，有多少人能在得到数量适中的浴巾、肥皂和火柴之后，给客人安排好住宿，并把客人所需的一切都安排得井井有条，以让客人感觉舒适？我很担心，要是真的考验一下你们，会怎样？你们真的要在迈出校门之前就学会做这些工作，这无论对自己还是对其他人都是有用的，要是做不到，你就让我们失望了。

什么能带来回报

我想花上几分钟来谈谈一个老是被人们拿出来讨论的话题，年轻人尤其喜欢探讨这个话题，那就是：在生活中，什么能带来回报。毫无疑问，一个刚刚进入某个行业的人更经常会问这个问题——什么能带来回报？采取这样或者那样的行动能带来回报吗？进入这种或者那种行业能带来回报吗？什么能带来回报？

让我们看看，我们能否回答这个问题。这个学校里的每一个学生都该问问自己：什么对我最有益处？什么才能让我的生命更充实有用？什么才能带来最大的快乐？什么才能带来最大的回报？

不久之前，几位牧师发表了一份来自40位成功商人的箴言，那些人毫无疑问都被评为商人的典范。牧师们向这些商人提了一个问题：不管在什么情况下，从事商业活动时不诚实的话，能带来回报吗？

不管什么情况，欺诈或者利用同行，又或者欺骗那些与他们有商业往来的人，会带来回报吗？40位商人中的每一位，当即毫不犹豫地回答：任何缺乏诚信和公平的交易行为都不会带来回报，不管是什么行业。他们说，那些在和同行交易时不诚实的人是不可能一直“成功”的，更不用说能拥有未来或者秉持正确的价值观把事情做好。

对一个人来说，除非他能每时每分每秒都无愧于他的良知，否则，他做任何事情都不会带来回报。今晚，我希望你们给自己提出这个问题：做什么能带来回报？

你们很可能会受金钱的诱惑而误入歧途。当你感觉自己就要屈服于这些诱惑的时候，想一想：这能带来回报吗？那些容易受到金钱诱惑的人，甚至有可能会觊觎别人的衣服或者书本，此类人，在劳作上也同样会不诚实，会偷工减料。

当一个人能诚实地对待别人的钱时，他是能得到回报的。一个人不诚实地取用别人的衣服或者书是没有好处的，所有这一切都不能给你带来好处。当你处在一个彷徨的时刻，需要决定是否向种种诱惑屈服的时候，应该问问自己："我做了这些事情，能得到回报吗？"记得要常常这样问自己。在你承诺要为别人做一项工作的时候，你就等于签订了一份合同，要为此老老实实地劳作一天——而他就要为你这些实在的劳作给予报酬。要是你没有老老实实地办事，没有遵守合同，这样的行为不会给你带来好处。要是你不诚实待人或者不遵守诺言，你就不会得到任何回报。要是你没有完成一天的劳动，而是只完成了3/4或者4/5，在某些时候看来，你似乎是赚了，但长此以往，你只会失去更多。

我很遗憾地说，在这里，有时也会有些学生表现得不诚实。这些学生会找到帕尔默先生或我，说他们想回家。当问及为何想回家时，有些人就会说是因为他们病了。然而，当和他们多谈几分钟之后，他们就会说，他们不喜欢这里的饭菜，或者有些事情让他们的父母失望了。我遇到过一些学生，在某些情况下，在一两分钟的交谈中，能给出一堆的借口。

对于一个想回家的学生来说，他们该做的正确事情就是说出真正的理由，然后坚持这个理由，那些能这样做的学生才能在社会上取得成功，那些不能坦诚相对的学生会发现，他们做任何事都不够坚强，他们没有成为他们该成为的人。总有一天，此类行为会让他们沉沦，而不是高飞。

在某个时期，我记得应该是在1857年，美国尤其是纽约市，陷入了巨大的金融恐慌之中。这个国家里大多数重要银行都关闭了，还有其他一些银行则随时都有关闭的危险。我记得一个故事，是关于当时一位银行主席的，他的名字是威廉·泰勒（William Taylor）。那时候，纽约市所有银行的主席每晚都会聚集在一起开会以了解各个银行维系偿付能力的情况。

在大恐慌中某个最考验人的重要日子结束后，他们又一次召开了此类会议，会上有人说，他们当天又出现损失了；另外一些人则说，他们的银行在当天有大量的钱被提走，要是第二天再来，他们就不知道如何熬过这次危机；威廉·泰勒则说，在那天，他的银行存款数额增加了，而不是因为有人提款而减少了。

这究竟是怎么回事呢？威廉·泰勒从他的早年经历中明白了为人不诚实没有好处，而诚实对待所有的存款人以及所有与他的银行有业务往来的人都是有益的。于是，当这个国家各处的其他银行正在摇摇欲坠的时候，他的品格表现、对诚信交易的重视，让那些从其他银行里提出来的钱流入了他们的银行。

品格就是力量。如果你想成为一个强而有力的人，一个坚强、有影响力、有用的人，良好的品格就是实现这一切的最好途径。但是，如果你屈服于上面我所提到的各种诱惑，就没法拥有良好的品格。

曾经有人问过，是什么让已故的约翰·霍尔（John Hall）博士所做的布道充满了力量。从普通的角度看来，他不是那种特别雄辩有力的演说者，但是他说的每一样事情都令人无比信服，原因就是，这个人的品格成就了这些布道训诫。以后你们也可以做些出色的演说，也可以写书或者撰写伟大的文学作品，但是，除非这一切的背后有你的品格在支持，否则，一切都毫无意义，终将随风消逝。

我要把这个问题留给你。每当你企图做一些事情，而你的良心告诉你那些是不对的事情时，问问你自己："我明知这是不对的还要去做，能带来回报吗？"你们可以去监狱里看看，问一问那些失足、犯错的人，问问他们为啥会在那里，基本上每个人都会告诉你，那是因为他们屈服于诱惑了，他们没有问自己：“这有好处吗？”

去问问那些不关心生活的人，抛弃了美德的人，如果可以的话，问问他们，为啥他们没有那些品格，他们会回答你：他们在追求暂时的成功。为了找到“成功”的捷径，为了拥有得到金钱的满足感，他们向各种诱惑卑躬屈膝。

我们希望看到，每一个从这里出去的学生，其身上都有一种无论何时都可以依赖的品格。这样的学生才是我们希望贡献给社会的。每当你踏在那些有可能令人一失足成千古恨的路口时，你要一次又一次地问自己：“这会给我带来回报吗？这会在将来给我带来回报吗？”

真正的教育①

以寻常角度来看，在过去的10天里，你们在课本学习上所花的有条不紊的努力实在不多；我想我这样说是没有错的。当某些干扰出现（一如我们刚刚所经历的那样），使你不得不把心思从日常的工作和学习中移开，没法为日常的课程做预习的时候，很多人的第一反应就是，这时间浪费了——起码与那些寻常教育相关的时间就这样被浪费了，生命中本应用来接受教育的时间有一大部分被占用了。我想，在过去的几天当中，你们当中的很多人都会想这个问题：“我们从这个特殊事件中得到了什么收获？过去这周发生在校园里不寻常的事能让我们有

①这次演讲的不久前，麦金利（McKinley）总统于1898年秋天参观了塔斯克基学院。

什么裨益，足以弥补我们落下的课本学习？”

在我看来，我不认为你们会因此次短暂的学习中断而损失什么；相反，我相信你们从中获得了最好的教育。

我不是要说，我们此后可以一直依靠此类事件来展开系统的心灵教育，但从实际教育以及智力身心的发展来看，我不认为，有任何一个学生会因为上周发生的不寻常事件而有所损失。

你们其实在以下方面获得裨益：为了款待美国总统及其全体内阁成员，还有那些卓著的陪同人员，你们就必须有些独特的想法，对你们而言，这也许是你们此前生活中从未有机会去做的事情。你们不得不思考，不得不倾注全身心的精力于你们所做的事情中。要是没有被迫去想独特的主意、全力执行，你们就没法搞出那样突出的劳作展览。你们当中的绝大多数之前从来没有参观过这样的展览，我也从来没有。你们为了搭建出一台能展示我们的耕作成果以及我们的机械、学术成果的彩车，在设计时花了不少的心思，倾注了很多新颖的想法，使得这彩车能最大限度地展示我们的成果。

而你们当中2/3的人，或者更实际点说，全部人，之前从来都没有见过这样的东西。因此，这彩车就不得不由你们来思考设计，由你们来订立制造计划，再由你们来打造。

好了，现在把这样的教育方式和那些在我们教育中占了很大比重的教育方式作个对比吧，那些教育只要你背诵某些规则或者某些由别人在千年之前就想出来、做出来的东西。从寻常的角度来看，所谓教育，就是让人纯粹去背诵记忆某些在我们之前已有人知悉的东西。而过去的10天里，我们就不得不解决自己的问题，而不是由别人特地为我们设计出来的难题。我不认为，在这所学校里，和10天、12天前相比，会有人的心灵没有出现改变，没有变得更坚定，在需要动手或者动脑的每个方面，没有变得更自信、更自立。这就是我们所有人都得到的裨益。它让我们去思考、计划，让我们接触非凡的事物，没有其他类型的教育可以超越此种教育。每一年我都越发觉得，未来的学习将更多的是研究人和事物，而不仅仅是埋头于对书本的研究中。

随着时间流逝，你们就会越来越发现，人们会逐渐放下书本，转而以一种前所未有的方式去研究人的本性。因此我要告诉你，在这次活动中，你们没有失去任何东西，你们有很大收获：你们的心灵苏醒了，技能加强了，双手也更灵巧了。

我不想自负地说这事，但这是事实，我曾听很多来自别的地方的人说，和我们学校的学生碰面是一件令人愉快的事，因为当他们和这里的学生见面时，发现这些学生不是睡眼惺忪或者呆板的。他们说，一个来自我们学校的学生，是一个对实际生活有认识的人。因此，当你们逐渐长大，你们就会越来越认识到，在过去几天里所接受的教育，将会令你们终生受益。

相应地，就如我们在过去几天所做的那样，只要我们学会了如何把事情执行好，把所受的教育转变成实在可见的东西，那我们接下来也会发现我们个人以及我们这个种族的价值。那些来我们学校参观访问的人完全明白，我们可以好好背诵成行的诗篇，也可以解决代数和几何的问题；他们还知道，我们可以学会某些化学和农业规律；但最令他们感兴趣的，是看到我们把所受的教育转化成实在的东西。因此，一个人他只要相应地做到了上述几点，他对这个世界就是有价值的——这就是我们在这里努力的目标。我们希望所培养出来的学生，可以让一些社会希望得以实现、世界需要实现的事情最终成真。只要能符合这个社会的要求，你就会发现，你必然能有一个立足之地。而我们这所学校，正是通过提供各种培训，好让你能有属于自己的立足之地。我们要好好培训你，于是当你有所不成时，就不是我们的过错了。

能和一群有实践能力的男女结识是一件幸事——他们不只是空谈理论，而是真的能做些事情让我们所居住的世界更美好，能让生活更舒适、更便利。过去的一周里，我找到了这方面的榜样。我的办公室需要做些维修，这需要电工方面的实际知识，于是我找来了一位教师帮忙，他细致的工作令人赞赏，令我感到很满意。能够给大家讲解电力知识固然很好，但是，能够像他那样把这些知识运用起来做些有意义的事情就更加好了。

因此，随着你不断前进，一定要提升自己做实事的能力。你会发现，那些在今天非常困扰你的问题会变得越来越容易解决。其中一位在几天前参观了学校的内阁成员曾说，在看过你们在这里布置的展览之后，我们国家在最近几次战争中所占领的岛屿很快就需要我们学校培养出的每一个学生前去开垦。接下来，不但在我们国家是这样，在其他国家也是这样，那些能做实事的人将越来越受欢迎。

因此，我们这个种族，只要能赢取我在几天之前和你们提过的声誉，就一定能找到发挥的空间。无论是什么肤色，遇到了怎样的情况，世界都会对那些能做得和别人一样好甚至做得比别人更好的人给予信任和报酬。问题就在于：我们已经能做得和别人一样好甚至比他们更好了吗？只要我们做到了，你就会发现，阳光普照之下，没有什么能阻止我们前进。

做个可靠的人很重要

最近，我去了一趟北卡罗来纳州和南卡罗来纳州，在旅程中，有时我会发现，我们的同胞容易有某种倾向，今晚，我就要和你们谈谈这个问题。

我发现，有些人已经雇请或者将要雇请我们的同胞，而他们大都会有这样一个印象：我们作为一个种族，缺乏稳定性——缺乏作为劳动者的稳定性。你们可能会说，才不是这样呢，然后会列举出一堆的例子来证明，在这个方面，我们不是不可靠的人。然而，是也好，不是也好，最终的结果还是一样的，这种印象会妨碍我们寻找工作时付出的种种努力。

几乎毫无例外地，在和我交谈过的所有人中——那些雇请了我们同胞的人，那些曾经雇请过我们同胞的人以及那些正在考虑的人——在很大程度上，他们都会觉得，在劳作方面，我们不可依赖、不稳定、不可靠。当然，上面提到的都是那些主要靠按日结算的工作——我们称之为“短工”的工作——来糊口的同胞。和我交谈过的那些人，都给我举了些例子来描述这种倾向。首先，他们统统都会提到，要是工厂里请了黑人工人，这些工人会认真努力地工作好几天，比如说，一直到周六晚上，然后他们就领到了那一周的工资；可是呢，接下来不能指望他们会在周一准时出现。

他们个个都会提到这点，无一例外。他们都会说，黑人工人们在领到薪水之前都会非常认真地工作，让雇主非常满意。可是，一旦他们领到了那一点点薪水，足以让他们饱食两三个星期，他们就不会继续做那份工作了，或者索性自行旷工，直到有人加入工厂取代他们的位置。我可是不止一次听到此类批评了。

人们还会向我提到，我们的同胞自由散漫，喜欢游玩。他们说，要是黑人有机会去威尔明顿（Wilmington）或者格林斯波罗（Greensboro）或者查尔斯顿（Charleston）旅行，而手头上又有点钱的话，你就别指望他们会继续工作了，他们会去旅行的。我们的同胞会说，他们必须要去这里或者那里旅行，没啥可以阻止他们。于是，为数不少的人就是由于这种散漫，丢了工作亏了钱。

人们向我提到的另外一件事情就是周日的晚餐。我们的同胞喜欢让自己饿上整个星期，然后到了周日，把所有的邻居都请来，把他们在一个星期中所挣下来的食物统统吃光。我们的同胞会把自己在一个星期中所挣到的钱在周日晚上拿到市场去花掉，然后邀请亲朋好友和邻居到自己家里，搞一个盛大的周日晚会。于是，到了周一早上，同胞们因为暴饮暴食身体不适，工作状态很差。人们抱怨说我们不可靠，这也是引起此类抱怨的其中一个原因。

人们还有其他抱怨，包括说我们缺乏恒心，无心稳定下来也无心去银行存钱，亦不愿意从底层做起逐步升上高层。你们很容易就能想象到诸如此类的糟糕名声所能带来的后果。在很多地方，当我们的同胞找工作时，此类后果已经显现。其中一个后果就是，人们普遍不信任我们这个种族适合工业岗位；另外一个后果就是，人们不会请一些他们认为不可靠的人来填补需要担负重大责任的职位空缺。雇主们是不敢请那些突然之间就要去旅行的人来担任重要职位的。

还有一种后果，就是金钱的损失。你会发现，我们很多同胞，在很大程度上仅仅就是因为这种不稳定、不可靠的名声而陷入贫困。无论到哪里，我们的同胞都没法得到一些固定报酬的工作，很多时候都是因为我在前面提到的种种行径。长此以往，工作机会就会慢慢地溜走，溜到其他各族人的手里。这不难明白吧？那些本周替东家打工，下周替西家卖力，然后再过一周无工可开的人，没有固定的职业，又怎么可能有钱存到银行里呢？又怎么可能攒下家业呢？又怎么可能作为一个可靠、富足的公民定居下来呢？

好了，既然如此，我们该如何作出改变呢？要是不能依靠你们——你们这些在这所学校接受教育的年轻男女——来改变这种情况，我就看不到未来有任何希望了。很大程度上，我们需要你们在全方位改变同胞们的品性，要让同胞们都感觉到，我们应该和其他任何种族一样可靠、尽责。但是，要做到这样的话，就需要你们学会在各个方面控制好自己。有些年轻人来到这里，某一时段里会想从事这种或者那种工作，然后，他们感到厌倦，就想换成别的工作；有些人呢，来的时候满怀决心要做好工作，可是，当某些不太愉快的事情发生后，他们就想走了，想转到别的学校，或者想回家了。你们要明白，要是我们在这所学校里也暴露出同样的弱点，那我们又如何成为同胞们的领袖和榜样呢？你们每一个人，都该学会管好自己，并且要下定决心，无论你想成为怎样的人，你都要让自己成为那样的人；你们每分每秒都应该不懈努力、不断前进，直到你实现了来这里时所秉持的目标。

这样的人，才是这个世界所需要的人才。我们希望送这样的人才前往北卡罗来纳州、南卡罗来纳州、乔治亚州、密西西比州以及我们自己的阿拉巴马州，给成千上万的同胞带来这样一个信念——我们可以在上述提到的各个方面管好自己，无论在哪一个工业领域，我们都可以成为稳重、可靠的人。当我谈及这些问题的时候，我是很坦率的，因为我相信，这些是我们整个种族都该注意的问题。要是一个种族只能游离于工业世界之外，一会儿东家一会儿西家地填补别人留下来的空缺，那么这个种族是无法繁荣兴盛、无法强大起来的。虽然这听起来有点啰嗦，但我还是要说，我们要好好关注这个问题，在工作方面，我们应该变得更可靠、更值得信赖。当你们回家的时候，去教堂做礼拜的时候，和家人同学在一起的时候，你们要持之以恒地宣扬这样一种理念：我们必须要变得稳重、可靠，必须要在自己的岗位上成为值得别人信赖的人。

我很遗憾地说，年轻人之间聊天的时候，往往会忽略这些内容。你们总是喜欢谈论火星和木星、月亮和太阳、地球表面以及内里；或者，除了和我们的实际生活息息相关的事情之外，其余一切都会谈论到。要是我们没法让你们下定决心走出校园去改变大众的情操，那我们这个种族的未来就不甚光明了。

但我对你们有信心，我相信，你们会在各个方面以高标准来要求自己，只要你们能在这所学校里逗留两三年、四五年，你们当中有一部分人能在上述各个方面控制好自己，并让自己成为榜样——我们所期待的榜样，那些在将来接受你教导的人所能仰望之榜样。要是你们做到了，就能发现，不出几年，在我所提到的各个方面，事情会向好的方面转变。由于这些转变，我们作为一个种族，会在各个重要的方向上变得更坚定、强壮。

最崇高的教育

可能在你们看来，我一直都在喋喋不休地谈论教育——正确的教育、如何接受教育等，诸如此类的相关话题——但是，还有什么话题会比这个话题更适合我们讨论呢？毕竟，你们来到这里的目的就是要接受教育，你们肯定希望接受尽可能好的教育。

因此，我很肯定，当我总是对你们谈及教育或者与教育相关的话题时，你们是能够理解我的——因为我是如此迫切地希望，当你们从这里走出去、进入社会的时候，能对教育有个明白无误的概念，能明白教育意味着要实现些什么，一个人又该期待通过教育获得什么。

我们很容易会想当然地认为，教育就意味着记住一堆的日期，或者在辩论时能够清晰表达自己，又或者能准确地描述不同的事件。我们很可能会有这样的印象：教育存在于以下能力当中——记住许多语法规则、算术规则的能力，准确地指出地球表面某山某水的位置以及叫出某湖某湾的名字的能力。

我现在不是要否认此类教育培训的价值，但是在这一切之上，教育是要给我们一个更坚强、更有条理的成熟心灵。我不希望给你们留下这样一个印象，让你们觉得我低估了或者忽略了发展心智的重要性。在这个世界上，如果有人比别的人更值得怜悯，那他必定是个心智不成熟的冲动鲁莽之人。在世界各处，你都可以见到这样一些人——他们全心全意地想要做些什么来让别人变得更好，或者让别人变得更快乐，但他们犯了些可悲的错误，完全没有好好地培育自己的心智来为自己的愿望服务。所以，我们需要发展、强化心智。

我常常对你们说，教育能给一个人带来的最大好处就是能教会这个人秉持自己的理想，而不是教会他如何死记硬背一堆史实或者一堆地理名词。我希望，你们能感受到，你们在这里学会了“有条不紊”——我的意思是，你的头脑思路清晰，当你有需要的时候，你可以顺利地查找到某些历史事件的日期或者某些地方的名字。我希望，通过我们给你的教育，你能构想出适用于自己的语法或算术规则。这才是最崇高的教育。

但是，这些教育还不是教育的终极。那么，当我们说“教育”时到底意味着什么呢？要我说，我会说，“教育”意味着让我们明白何为“真实”。无论我们从课本中学到了什么，无论我们从某种学说中学到了什么，也不管我们从这样那样的来源中领会到了什么，要是我们最终还是不明白何为“真实”，那我们就不算是接受过教育。我不关心你记住了多少史实、代数、文学；也不关心你从你所有的课本中学到了些什么；我只关心，要是你不能明白何为“真实”，你就没有达到你接受教育的目的。除非你能彻底明白何为“真实”并因此不会在任何事情上弄虚作假，否则，你的教育就是失败的。

教育，是要让我们公正地对待同胞。一个能够尽其所能公正地对待别人的人才算是一个受过良好教育的人。教育就是要让我们变得更好，让我们成为考虑周到的人，让我们心胸广阔，让我们不会因为某个人所属的种族而决定去帮助他，也不会因为他不属于某个种族而决定去妨害他。

最真实也最宽广的教育是会让人们不计较别人的种族、肤色以及其他条件而真诚地去帮助别人的。你会发现，真正受过良好教育的人，都是些仁慈的人，会以最温和的方式来对待那些不幸的人、最被人轻视的民族或者个人；受过良好教育的人，对那些不那么幸运的人会很体贴。我希望，当你们离开这里迈出校门的时候，当你们遇到那些身心受到贫困折磨的人，或者那些在某个方面遭遇不幸的人，你们会以尽量仁慈、体贴的方式来对待他们，这才是体现你们受过良好教育的方式。这也是考验一个人是否真的接受过教育的方式。

有时，你会遇见一些无知的人，他们自以为受过良好教育，可是当他们走在街上遇到一些行动不便、腿有残疾的人，或是一些在身体上、智力上、表达能力上有缺陷的人，他们就会嘲笑这些人甚至戏弄这些人。但是那些真正受过良好教育的人，真正有教养的人，他们对待任何人都是温和而富有同情心的。

还有，教育就是要让我们真诚对待我们的同胞。我不在乎能做多少的算术，也不在乎能指出多少座城市，要是我们不能真诚地对待别人，这一切都是毫无意义的。

教育还意味着要通过满足别人来获得满足感，意味着我们要通过服务别人获得快乐。除非我们能达到这样的境界，能因为帮助他人而获得最大的快乐和满足，否则我们都不算是接受过真正的教育。教育还意味着让我们变得慷慨。说到这一点，我非常希望，当你们离开这里的时候，能学会对所有的慈善事业慷慨解囊，无论是解囊支持你的教会或者周末学校，还是医院或者穷人。

例如，我希望，你们当中的大部分人，或者更实际点说，我希望你们当中的所有人，能够养成每年对我们学校做些捐赠的习惯。即使你只能拿出25美分或者50美分或者1美元，我也希望你们明白，这事关一件事情——那就是你们没有忘记每年给这所学校捐赠点东西。我们希望那些给我们提供了很多支持、对我们慷慨解囊的朋友们能够看到——我们是多么关注这所给予了我们如此之多的学校，我们会倾尽所有来支持它。尤其是各位高年级的同学，我希望你们能记住这一点。我很高兴地告诉你们，有很多从这里出去的毕业生都会给学校捐助，即使每一笔的金额都不大；而且有位毕业生，在过去的8到10年间，每年都给学校寄来10美元。我希望，现在就在我面前的高年级生，以后你们也能做同样的事情。

还有，教育意味着我们要学会重视自然界的美好事物。要是一个人无法走进湿地和树丛中去欣赏围绕在他身边的花草树木的美态，简言之，无法从上帝创造的任何事物中发现美好而令人振奋、给人启迪的东西，那他就从不算是受过良好的教育。教育不但意味着让我们看到上帝赋予的事物的优美之处，还意味着我们要学会自己创造优美的事物。我希望，你们当中的每个人在毕业后，都能让自己的家庭充满优美、鼓舞人心、给人以灵感的事物。我可不认为一个住在邋遢低劣的棚屋中的人是一个受过良好教育的人。我认为，除非一个人想住在一间整洁的、有图画也有书本的房子里，才会花心思让房子的环境变得令人愉悦，否则，他还不算是个受过良好教育的人。

总而言之，教育就是要让我们拥有上述那样的文化、优雅和品位，能真诚地对待我们的同胞，学会欣赏上帝创造的美丽、令人振奋、启迪众生的事物。我希望你们牢牢记住，你们的课本不管有多少内容，都不是教育这个旅途的终点，那只是通向终点的一个手段。这种手段是为了帮助我们获得生活中最崇高、最好、最纯粹的，也是最美妙的东西。

“处女地”上的机遇

今晚，我要和你们谈的几样事情可能会让你们当中的大多数人感觉不太惬意或者不太欢欣鼓舞，但我相信，你们会认同，它们都是些无法否认的事实。

首先，我们必须认识到，我们这个种族，在很大程度上有着和白人很不同的境况，而我们的能力也在很大程度上不同于白人。我知道我们都喜欢反着说，没错，当我们作出相反的断言时，会让我们的文章、雄辩看起来更加动人，还会让我们的评论显得相当出众。这对新闻报道也许会有好处，但是，当我们脚踏实地看看严酷的事实时，就不得不承认，我们的境况和能力，的确和那些每日都会接触到的大部分白人很不一样。

当然，这听起来一点都不动听。但是，如果要说我们和白人是平等相同的，等于在说奴隶制没有给我们带来任何不利。

这就是内在的逻辑。打个比方，假设把一个人关在一栋乌烟瘴气的房子里，不让他施展自己的才能，也不许他动脑思考，然后，过一段时间，再把他放出来，放到一个一直都保持身心健康的人身边，这样的两个人所处的境况是相同的吗？他们的能力相同吗？一只出生才一周的小动物，即使它继承了母亲的所有特质，它会和它的母亲一样强壮吗？随着时间的推移，当它健康地发育起来了，会变得和母亲一样强壮的，但是说它现在就和母亲一样强壮是毫无道理的。同样，我们只能说，假以时日，当我们逐步发展成熟，我们的境况和能力就会变得和其他种族一样了。

鉴于这个事实，既然我们这个种族的能力与人不同，而我们不得不面对的境况也与人不同，因此，在教育方面，有必要找一些合适的方式来开展我们的教育，它们不同于其他种族的教育方法。这些方式必须是适合我们的。

在我看来，我们未来几代人最需要的教育，就是帮助我们有效地驾驭大自然力量的教育。我所指的就是通常所说的对食物、衣服、房屋的供应，以及为未来的储备。

不要以为我这样说是因为我不相信每个人都可以得到他能得到的教育，我是相信的。但是，由于在未来数年里，肯定不大可能让我们所有的年轻人都接受一切可能的教育，或者一切他们想接受的教育。因此我相信，该先把精力投入接受此类实用的培训中，这样他们才能做好准备，满足自己最迫切的需要。

比如说在苏格兰，那里的人民在许多年前就已经能接受高等教育了，而且那里的文明程度也很高，因此，那里的年轻人把时间和精力用来学习形而上的哲学和实用法学，或者花在其他专业的学习上，这并无任何不妥之处。当然，我不是说我们在短期之内都不需要形而上的哲学家、律师以及其他专业人士；我只是说，我们当中绝大部分人努力的方向应该是保证我们能获得日常生活的必需品。

很多时候，当你和人们谈及从事实业工作时，他似乎会立刻觉得你反对让他接受智力教育，只是让他去工作。其实，任何一个熟悉工业教育的人都会明白，那种教育恰恰是教会一个人如何可以不用工作的——教会他如何驱动水流、大风、蒸汽以及一切自然力量来为他服务，那才是工业教育的精髓所在。

让我们举个例子。昨天，我去奶品加工厂，然后对如何把乳酪提炼出来相当感兴趣——现在唯一需要出力的工序，就是去转动那个手柄，整个设备的构造都是为了用尽各种自然力量。好了，现在对比一下制造黄油的两种新旧过程吧。以前，你不得不花一段漫长的时间做苦差才能让乳酪从牛奶中分离出来，然后，又要花费好大的工夫来让乳酪变成黄油。而且，在搅拌了三四个小时之后，你也只得到了很小一块黄油。可现在，当我们说让你接受工业教育的时候，意味着让你在这些工作上开动脑筋。如果你的工作是要制造黄油的话，那可以让你只需站在一台机器旁边摇动手柄就能造出黄油了。

如果你在学习化学，你一定要竭尽全力学会课程中所有的内容，然后，再去其他地方的高等学府继续学习，尽可能地精通这门科学。当你学成之后，不要坐等外面世界主动前来赞美你有多么精通化学，你要是这么想，就一定会失望的。要是你希望好好利用自己的化学知识，那就回到南方，想办法让贫瘠的土地变得肥沃，而对那些生产出劣质黄油的农民，你要教会他们做出优质的黄油。当你这样施展你的才华，应用好你的化学知识时，你会发现，其他人自然会涌来赞美你。

在过去的30年里，我们这个种族曾让一些黄金机会从我们身边悄悄溜走，在某种程度上，这恐怕就是由于我们没有坦率地就我今晚在前面提到的各种问题作出交流而造成的。要是你有机会亲自去北方任何一个大城市看看，就会明白我刚才所说的是什么意思。我还记得，几年前，当我第一次去北方的时候，黑人开的理发店并不是那么难得一见的，我知道，开理发店的黑人很赚钱。可是，今天你在纽约或者波士顿，都很难看到由黑人开设的一流理发店了，那个机会溜走了，因为有些地方出了问题。我们可以到再近一点的地方去看看，看看蒙哥马利、孟菲斯、新奥尔良，你会发现，那些理发店正在逐渐从黑人同胞手中溜走，他们又回到了那些黑漆漆的小街小巷中。这些大好的机会之所以会溜走，很大程度上就是由于我们没学会去体现劳动的高贵尊荣，黑人同胞把一把脏兮兮的小椅子和一对剃刀放到一个邋遢的小洞里，就算是个理发店了；白人却在主流大街上开店，或者在某些时髦的酒店里开店，店里铺着地毯，挂着漂亮的镜子，还摆设有其他令人心动的家具，让一切看起来如此豪华，还把这地方称作“发型师工作室”。然后，店主就可以坐在桌子旁边负责收钱了。这样，他就把我们口中的“苦差”变成了一门赚钱的生意。

还有另外一个例子。你们应该还记得，仅仅是几年前，其中一个大量黑人同胞所从事的比较赚钱的职业就是刷石灰。在波士顿、费城或者华盛顿，常常都可以见到黑人们手拿一个石灰桶，还有一根长竿，去别人的家里刷石灰。可是，今天你再去北方看看，你就很难看到还有黑人在做这个工作了。白人们明白，他们可以把那变成一项体面的工作，所以他们就开始在学校里学习相关的技能。他们学习了化学知识，因此他们明白如何将所需的原料混合在一起；他们也学习了装饰和壁画技能，所以现在，他们称自己为“家饰工人”。如此一来，黑人丢了这份工作，也许再也拿不回来了，因为那些白人提升了这份工作，让它变得更有技术含量。你觉得还会有人让一个拿着长竿和石灰桶的老家伙进他们的房子吗？

然后还有厨子这工作。你们知道，在南方我们依然把握着大多数的烹饪工作。无论在哪里，只要需要有人煮食，就会由黑人来做。但是，即使我们在这个行业里拥有堪称垄断的地位，这些工作机会也正从我们手上溜走。人们不喜欢总是吃煎肉，或者那些纯粹只用水和盐做成的面包。

他们对此类食物都厌倦了，希望有人用心动脑为他们煮食。为了满足人们这种需要，白人把一项原本是仆人专职负责的工作变成了一项专业。他们去学校学习如何提升这个职业，从北方几乎没有黑人厨子的情况来看，白人们已经学会了怎么做。即使是在南方，黑人厨子也在逐渐减少，除非他们能提升自己，否则，最终他们全部都会消失。他们已经在北方消失了，这完全是因为他们跟不上时代的步伐，没有学会最新最好的烹饪方法去满足人们的需求，更是因为他们完全没有意识到，世界正朝着更加文明的方向大踏步地向前发展。几天之前，我在芝加哥一家时髦的餐馆里，注意到一位仪表出众、衣着入时的男士，看起来就是店主，于是我问他是谁，他告诉我他是个“厨师”，人们叫他“大厨”。没错，看到这样一位衣着入时并且充满文化气息的男士出任餐馆主厨让我很惊讶，但令我印象更加深刻的是，烹饪已经转变为一种高尚的职业了。

还有另外一个机会正在溜走，可当我们提到这件事情的时候可能会发笑，尽管这其实没什么好笑的。要是我们也能像白人那样想办法提升这个工作的地位，就会意识到这毕竟是个机会，我所说的机会就是擦鞋业。当然了，南方大部分的擦鞋工作还是由我们的黑人同胞来做的，因为这里的竞争不像北方那么激烈。可是在南方大部分的城镇，要是你想擦一擦鞋子，就必须等待，直到见到一个肩上扛着箱子的男孩。而当他开始给你擦鞋的时候，你会看到他用的是一个已经很破旧的鞋刷；更糟糕的是，有时他还会用上一个硬毛刷；而且，要是你不紧紧盯着他的话，很有可能他会用擦炉粉来给你擦鞋。可是，如果你到北方的某个城市去看看，你就会发现，像这样的男孩，去到北方那里根本无法谋生。那里的白人男孩甚至男士开起了擦鞋店，给店里铺上地毯，挂上镜子和画，还摆上舒适的椅子，有时他们用的甚至是电动的刷子。

他们总是备有最新的报纸，让顾客在享受他们服务的同时还可以看报纸，就凭这门生意富裕起来了。拥有和经营这样店铺的人不再叫“擦鞋匠”，他被称为“擦鞋中心”的店主。然后，这样的机会就从我们手中溜走不再回来了。现在有不少黑人懂得电力学，可是，那些懂得将电力知识应用到擦鞋店铺里的黑人又在哪里呢？

在南方，人们生病的时候通常会去找个老护士来照顾。我们黑人在看护这个行业里垄断了好多年。不久前，人们普遍认为，只有那些上了年纪的黑人老嬷嬷才懂得如何去看护病人，可是现在这个观念已经日渐淡薄。在北方，当一个人生病的时候，他只会去请一个专业的护士回来而不是其他任何人，这些护士通常都在一些护士培训学校里获得了文凭，或者在一些声誉良好的机构中获得了某些资格认证。

我很希望，从我上面所讲的种种小事情中，你们能明白我要说的是什么：它们都明明白白地揭示着，如果想跟上文明发展的步伐，那么我们不但要关注生活中那些更大更重要的事，还要关注诸如此类的琐碎小事。它们证明，我们必须在自己所做的事情上用心。假若教育有任何意义，那它就意味着在日常生活琐事中用心并且让其有成果。而这也是我们这所学校通过种种努力尝试告诉全世界的道理。

其实，我们有很多机会可以用好教育。你很少会看到一个懂得如何建造房屋、懂得起草计划、懂得如何测试物料强度看其是否可以用于建造一间一流房屋的人变得无所事事。你有看过这样的人失业吗？你有看过这样的人写上许许多多的信去求职吗？全世界都需要那些能把自己工作做好的人，需要那些不但懂得如何准备和制作食物而且懂得如何做出美食的人——我说的可不仅仅是仆人的煮食工作。即便是这一行，也有很多的机会存在。几天之前，我遇见了一位女士，她曾花了几年的时间在这个国家以及欧洲仔细学习“粮食经济学”。从她那里我了解到，那些教授如何准备和制作食物的机构、学院一直都很需要她这样的人，她会在每个学院花上几个月时间进行教学。每个地方都需要她，因为她把自己所接受的教育应用到了最为重要的日常生活必需事务中。

然后你会发现，正是这样的人，他们总能利用好各种机会，总是为了精通某样他们尝试去做的事情而永不停歇，他们一直都受人欢迎，简直堪称“供不应求”。记住了，你一定要保证自己拥有一样可以谋生的技能。然后，你不但要能自立，还必须要让自己有能力帮助自己的同胞。

今晚我花了这么多的时间如此详细地讨论了这个话题，那是因为我相信，这些都是我们未来成功的基石。我们常常听说某某人士有着良好的品德；一个人要是没法在一年365天中都有衣服穿、有东西吃，那他是无法有良好品德的，他也不可能会有信仰。很多时候，你可以发现，很多罪行的根源都是在于那些罪人的日常生活需要没有得到满足。

一个人，肯定要在获得一定的舒适和便利、在其基本生活需要得到满足之后，才能成为一个有信仰、品德良好的人。

信守诺言

我并不想老是和你们讲一些显露我们这个种族各种弱点的话题，但是，确实有些品格上的弱点会对我们的生活造成重大影响。因此，我觉得很有必要把那些当前尤其突出的弱点拿出来说说。

几个星期以前，我提到了两三个亲自观察得来的例子，说的就是有些同胞不够可靠的。现在，我又要再加上一两个例子了。

曾经有三次，因为我要出门远行，所以我就不得不和一些马车夫约好，让他们一大早来接我，好让我能坐上早班火车，可是三次之中，没有一个马车夫是守信守时的。第一个马车夫让我彻底失望——他根本就没出现！因此，我不得不自己步行去火车站，走了大约一英里。第二个本来应该在6点出现的，结果他到了6时30分才出发，那个时候，我已经开始步行了，当我走过了两三个街区的时候，才在路上碰到他。至于第三个呢，整整迟到了一个小时，我们是刚好走完了一半的路程才在去车站的路上碰见的。

之前我就提到过，那些曾经雇请过黑人的雇主会向我抱怨，说当那些黑人工人赚到了那一周的工资后，你就别指望他们会在下一个周一准时回来工作。在乔治亚州的萨凡纳（Savannah）市，有很多黑人同胞在做搬运工，专门帮船只装卸货物。要是你仔细看看当地的报章，就会发现，那些雇请黑人搬运工的雇主最近推行了一条新规矩：他们再也不会在一个星期结束后就给工人们支付当周全部的工资，他们会把每周其中两天的工资扣下来，然后保留到下一个星期结束才发出去。当然了，最终工人们不会因此损失些什么，那仅仅是意味着，只要他们持续为同一个雇主工作，他们至少会有金额相当于两日工资的应收款。毫无疑问，工人们对自己的工资被扣留大感不满，但是，当他们要求雇主给出解释的时候，他们的雇主告诉他们："过去的经验告诉我们，要是我们在周六晚上把所有的工资都给了你们，我们就很难指望你们会在下个周一早上回来继续你们的工作，你们很可能会喝醉，或者在周日放浪纵乐，所以到了周一你们根本就没法工作。”这就是他们在雇请了这些工人已经有一定年头之后作出的决定。

现在再来想想我跟你们提到的事情吧。关于这个例子，你们很可能会说，这都是因为萨凡纳的雇主们有偏见，想把钱扣下来，挪作他用，好满足他们的私欲，而且他们也有权力这么做。但是你们也很容易明白，要是一个人日复一日、年复一年地感到失望，他很快就会作出结论：对他来说，最好就是试试来自其他种族的马车夫。所以，如果萨凡纳的那些雇主们年复一年都只能发现，他们真的不能依靠黑人工人来做细致、整齐、有条理的工作，只能尝试找来自别的种族、能把工作做好的工人。

现在，我已没有必要继续举其他的例子来唤起你们对此类事情的注意了，也不必以此来向你们证明，我们这个种族必须克服的其中一个缺点就是不够可靠。我当然明白，对一个人来说，不是任何时候都有可能说到做到的，但是，要是真的不能做到他承诺的事情，他应该及时给那些听信他承诺的人捎个信的。那些让我失望的马车夫，要是他们能够在约定时间两三个小时之前就通知我说他们不能来，又或者请另外一位马车夫顶替他们，我是不会对此有什么怨言的。至于那些萨凡纳的码头搬运工人，要是他们发现自己不能及时回去工作的时候能捎个话给他们的老板，也许他们的缺勤就会得到原谅。但是，就是这种在做事时令人失望的吊儿郎当、漫不经心，让我们这个种族蒙受了“不可靠”的糟糕名声。我之所以反反复复且毫无保留地跟你们说起这个话题，完全是因为我见过很多雇主以及未来的雇主，他们很可能成为我们同胞的老板，但每一次和他们谈论工作，他们提到对雇请黑人工人的唯一顾虑，就是我在上面不厌其烦说到的“不可靠”问题。他们很多人都说其实想聘请黑人工人，他们乐意让黑人多担些职责，只是他们没法找到能忠于工作的黑人工人。你也许会说，假如我们只是因为肤色就能坐上受人信任的位置，就能赚到不错的薪水，那我们是不大可能成长和发展起来的。关于这一点，我可以给你们举个例子。几天之前，我在新奥尔良参观一家典型的炼糖厂。运营这家糖厂的公司请了两三百名工人，我发现，在这家公司里掌管所有账目、经手公司所有现金的，就是一名年轻的黑人，而在他手下各个岗位上工作的职员都是白人。

我还记得，两三年前，我曾在白山（White Mountains）那里遇见这家公司的其中一名合伙人，他那时就向我介绍过这名年轻人了。他告诉我，很多人跑去到那里跟他说："你不该在那么多白人想坐上这个位置的时候让那个黑人坐这个位置。"

他告诉我，他是这样回答那些人的："这个年轻人工作时，比其他任何我能找到的人做得都要好，因此，只要他一直表现这么出色，我就会让他一直做这个工作。"后来，这位绅士去世了，他的遗孀接手了他的生意。他的遗孀很有信心，相信这个年轻人有能力把这桩大生意的一切都打点好，因此，她把他留了下来，留在了这家大企业的高级管理层中，他就是路易斯先生，你们当中有些人可能也认识他。这个例子很好地证明了，不管一个人是什么肤色，只要他有内在能力，就能因此升迁发展；只要他能证明，自己是可靠的人，他就能获得提拔。

记住了，无论你是马车夫，还是生意人，一旦你没法按约定把事情做出来，尽快提前通知别人对你总是有好处的；要是你不能做到这一点，不管你接受了多少教育，都无法升迁至一个可担负更多责任、获得更多信任的位置。

就如我此前常常所说的那样，要是我们塔斯克基学院或者其他类似的学院没法培养出一大批可信赖的年轻人，那我们这个种族的名声在未来几年里都不大可能变得很好；另一方面，要是我们能培养出有高度责任感的年轻人，任何时候人们都可以信赖他们的话，我们就开始踏上了重建这个种族的名声并且将其进一步提升的大道上。在这件如此重要的事情上，你们每个人都可以出一份力。不要等到迈出校门的那一刻了，各位同学，就从明天早上开始，做个可靠的人，并且一直坚持，直到“可靠”成为你不可分割的一部分。

学会珍惜时间及其他

今晚，我要提醒你们，该从这个学年中得到什么。可是，如果你们没有下定决心做好两件事情，我光谈那些都是用处不大的。

首先，你们要下决心记住我将要说的东西，然后，必须把我的建议融入实际行动中。要是你们能下定决心听取这些建议并付诸实践，用尽你的记忆把这些好好记住，并且尽可能做到的话，我们才有可能谈谈那些在学年里对你们有益的事情。

我希望你们能牢牢记住：无论什么书、什么专业或工具，不管你们多么精通它们，光靠它们是不能成就教育的。把页面上的内容背得滚瓜烂熟，或者把某些工具用得得心应手，都不是教育的最终目的。书本也好，专业或工具也好，统统都不过是手段，让你们在某些方面变得更好的手段。

所有这些，它们本身都不是终点，只是手段。所有教育的终点，无论是头脑的教育还是心灵或技巧的教育，都是要让人变得更好，让人变得更有用、更强壮；让他的优点、才能和力量能给同胞带来积极正面的影响。

我希望你们能在这个学年学会的其中一样东西，就是能正确看待时间的价值。要是有这样一节课，我们每个人都该上好这一课，认真仔细并且持续学习这一课，那这一课就是要教会我们——生命中的每一分钟都是极有价值的，要是我们随意浪费了哪怕一分钟，都是一种罪过。记住了，你们在这个学校里过的每一分钟，对你们而言都是极为宝贵的。许多人会在他们六七十岁甚至八十岁的时候回望过去并且充满悔恨地说："我多希望能从头再来一遍。"但这是不可能的！他们所能做的，只能是为自己浪费了那些宝贵的分分秒秒而悔恨不已。

现在，你们前面还有很长的路要走，和他们不一样，你们还有很多日子要过，只要你们学会珍惜每一分钟，你们的日子就可以过得很成功。在这里，你们可以把每一分钟都用来认真热忱地学习，或者用来从事一些有益的消遣，但你们要保证时间没有浪费掉。

另外一样你们必须在这个学年里学会的，就是要培养阅读的习惯。任何一个学会热爱好书和优秀的报纸杂志，并且还能每天都花时间来阅读这些书报的人，都是快乐的人。你们该让自己达到这样的境界——你们每天都要花一定的时间看书才能感觉快乐。

另外，在这个学年，你们还必须学会仁慈、礼貌地对待任何一个人。通常，在言行举止上礼貌对待一个社会地位与自己相差无几的人不是什么困难的事情，或者礼貌对待一些比自己富有、比自己有影响力的人也不是什么难事。检验一个人是否真正绅士或者淑女的标准当他们接触到一些貌似比他们低下的人、一些无知或者贫穷的人的时候，他们的表现是如何的。在面对无知的人，或者比他贫穷的人的时候，都能时时保持礼貌、态度温和的那些人，才是真正的绅士和淑女。当普鲁士的亨利王子（Prince Henry）来到这个国家的时候，我记得，有位著名的公众人物在接待他之后曾这样描述："他实在是一位真正的绅士，可以在与其他王子会面时从容不迫，也可以在与穷人会面时令人放松自在。”

学会温和地对每一个人说话，无论他是黑人还是白人。没有人会因为其绅士风度、礼貌待人、十分尊重那些不幸的人而有所损失。

我们希望你们学会控制自己的情绪。有人曾说，野兽和人类之间的最大区别就在于，野兽从不懂得如何控制自己的脾气，而人类则可以接受教育和培训，他可以学会控制自己，让自己的情绪更平和；学会完全控制自己的脾气。你们当中要是有谁时时被自己的脾气所左右，那你就要下定决心，把学会控制脾气作为一个目标。你们应该对自己说：“我要成为情绪的主人，而不是让情绪成为我的主人。”

还有，你们要努力获得那种无论何时都坚持说真话的勇气，不管说真话的代价是什么。这种做法可能会令你在某一个时期内变成一个不大受欢迎的人，给你带来不便，还会让你失去一些心爱的东西。但是，那种有如此勇气不计代价、无论何时都坚持说真话的人，都是些最终能获得成功的人，最终会成为征服者的人。真话以外的其他话，其代价都不是你们所能承受的。我从西奥多·罗斯福总统[1]身上看到的一个最大优点就是，正如有人所写的那样：他身上最大的缺点就是他从不懂得如何撒谎，从不懂得欺骗民众，他只会说最坦率的话。正是因为他的正直、敢言，所以他成为这个国家的领袖。

另外，我们还希望你们能学会诚实对待别人的财物。我们最好还是清楚地着重谈谈这个问题：我们的其中一个弱点，其中一项原罪，就是无法诚实对待别人的财物。

你应该学会对你的舍友、同学以及老师的财物保持绝对的诚实。下定决心，不要让任何东西把你引向歧途，要保持彻底的正直。那些乱动他人财物、取走不属于自己财物的人，一开始就走错了方向，他们当中没有一个不是以穷困、悲痛和失望告终。下定决心吧！在任何时候保持诚实正直，要是你不听从我刚才尝试强调的种种经验教训，就没法从生活当中感受到快乐，也没法在学业上取得成就。

---

①西奥多·罗斯福总统（Theodore Roosevelt Jr.，1858—1919），美国著名政治家、作家、自然主义者、历史学家，美国第26届总统。

每当我们提及诚实的时候，很多人首先会想到的是，取用不属于自己的财物时才需要想起“诚实”一词，但事实不是这样的。要是一个人不诚实地占用了别人的时间和精力，这情形和取走实质有形的财物是一样的。当走进教室、办公室或者商店的时候，有人也许会问自己：“今天我可以少做多少的工作，却仍能蒙混过关呢？”有人则可能会不停地问自己：“今天或者这个小时之内，我可以做出多少东西呢？”

而我们的期望就是，每一个从我们学校出去的学生，都不要做那个尝试偷懒的人，也不要做那些仅仅完成责任就算了事的普通人；我们希望我们的学生成为那些努力做得比应尽责任更多的人。要是你不能超越那些普通人，不能下定决心做得比所负的责任还多，你就会让我们失望。

我希望，每一个应聘到某个岗位上的年轻人，无论他的岗位多么无足轻重，要是他的岗位要求他在8点上班，他就能提前10到15分钟出现在岗位上，要是下班时间是5点或者6点，他能在那个时间去和主管说：“需要我加班吗？还有没有别的需要我处理好再走？”全身心地投入你所尝试去做的事情中，这就是诚实。

你们这一年当中要学会的事情就是要和世界上的优秀人物保持联系，应该学会和学院里最优秀的学生保持联系，把他们作为你们的榜样，告诉自己，你们年年月月都要进步，直到你们和他们一样甚至比他们更好。罗马不是一天建成的，但是我希望，你们每一个人都能下定决心，从今晚开始，终此一年甚至终此一生，都要努力奋斗，以期事事做到最好。要是你们能这么做，那么当你们准备好离开这所学校的时候，你们会发现，你们在这里所花的时间都没有白费。

服务的要义

今晚，我要花些时间和你们谈谈“服务的要义”这个主题，当你们首次听到这个主题，心灵也许不会为之一振。但是我保证，正是出于心底里对我们种族的那份热切关注，我选择了谈论这个主题。

“服务”这个词常常会被人误解，因此，很多时候，它被附加上了“降低身份”的含义。其实，每一个人都会在某些领域中服务他人，而且他也该这么做。耶稣曾说过，想要成为最伟大的人，首先要成为所有人的仆人。他的意思就是，只有当一个人相应地为他人付出了服务，他才会变得伟大。美国总统就是美国人民的仆人，因为他要为人民服务；阿拉巴马州的州长也是仆人，因为他要为这个州的人民服务；蒙哥马利市最好的商人也是仆人，因为他要为他的顾客提供服务；学校里的教师也是仆人，因为向学生提供服务以满足他们的要求就是他的责任；厨师也是仆人，因为给主人煮食就是他的职责；女佣也是仆人，因为竭尽所能照料那些托付给她的物资就是她的分内事。

无论以何种方式，一个人只要承担了一些责任，他就是个仆人。那些没有成为“仆人”的人，都是些一事无成的人。很多时候，某一个种族也会像某个单独的个人那样，不懂得珍惜眼前的大好机会，直到那些机会最终溜走。当前，就在南方，依然有大部分的服务工作掌握在我们这个种族的手里。但是，除非我们能改变对服务的看法，能为服务注入新的生命、尊严和智慧，否则，我们在将来恐怕就不能如现在这样在这些行业中占主导地位了。我想我也许是对的，在过去10年里，家政服务行业的转变与发展之巨大是其他行业所无法比拟的。一个厨子要是不能变得更有见识，要是不能用一种最新的、最整洁的方式来完成他的工作，那他很快就会失业，或者成为劳工市场上的“滞销品”，没人来挑选他，也没人愿意付给他高工资。那些没有学会最新餐桌装饰布置方法、最新菜肴摆放方式的女性，在几年之内也会趋于失业的。同样的道理也适用于普通的家政管理、洗衣以及护理行业。

我在上面提到的所有职业，目前在南方都由我们的同胞占主导地位。但我必须重复一遍，在世界上每一个地方，这些行业都有着飞速的发展。因此，我们要明白，要是我们的女性不能与时俱进，不能抛弃旧有的想法，还是认定这些行业只适合没有学识的人从事，我们很可能就会失去这些工作。现在，有关家政服务每一项工作都有大量的书本报刊涌现。人们正在学习如何以一种醒目而科学的方式来完成这些工作。不久前，我花了整整一个小时来听一个演讲，说的是关于打扫，那是我花得最值的一个小时。

这位就如何打扫发表演说的女士，受过良好的教育，举止优雅，而她的听众都是些富裕且有教养的人。我们一定要让自己明白，那些能煮一手好菜的人，应该和那些在学校里教学的人一样受到尊敬。

我在上面提到，和我们女士们的职业有关的情况，同样也适用于我们的男士。没错，现在主要是由我们来耕种南方的土地，可一旦别人学会了以一种更聪明的方式来做这项工作，学会如何使用更省力气的机械，并且变得比我们更尽责，我们就要和我们的工作告别了。在北方，很多时候事情就是这样发生的，一开始马车夫都是黑人，但是在纽约和费城这样的大城市，黑人们失去了这个工作。而在我看来，他们失去工作不是因为他们是黑人，很多时候，是因为他们没有持续不断地改进自己的工作。现在这个工作已经变了很多，经过提升，它已经成为一个专业。那些还希望做马车夫的黑人同胞就该弄懂，一个马车夫穿什么才合适，要怎样爱护马匹和车辆。出现在马车夫身上的问题也同样出现在男管家那里。

很多时候，恐怕我们都只是把这些职业看作绊脚石，一旦找到别的事情可做就会立即抛弃这些职业，因此会以一种漫不经心的态度来对待这些工作。我希望我们能在这方面作出改变，全身心投入工作中，并且努力让某些职业变成终生职业。只要我们做好了本分，我们就会为子孙后代打好基础，他们将来就有可能进入社会的更高层次。一个种族发展的基础，恰恰应该在我们完成每日的例行工作时悄然打下。我们不应该老想着如何可以在工作中偷懒，相反，应该想着如何可以做得更多；不要老想着如何摆脱我们的任务，而应该想想如何可以把任务做得更好。

我常常会想，要是我有能力在每一个城市开设大型的培训学校来指导人们如何做好家政服务，那该多好啊！要提升我们同胞的技能，没有什么比这些学校做得更好了。也许有人会说，我的这些论点只适用于为白人提供服务的同胞。其实，这适用于我们所做的任何工作，无论为谁服务，我们都该做到最好。一个不能为黑人好好服务的人，同样也不会为白人提供良好的服务。我就举个例子来说明一下我的意思。几天之前，在一个南方城市，我发现了一家由黑人同胞经营的酒店。这是我在这个国家见过的最干净、最吸引人的黑人酒店。当和酒店的经营者聊天时，我问他们，在经营过程中遇到的最大障碍是什么，他们告诉我，最大的障碍就是很难找到一些能把工作有条不紊地做好的黑人妇女，换句话说，就是很难找到一些黑人妇女，能把酒店每一个区域的房间都彻头彻尾地打扫干净。酒店已经开业三个月了，而我发现，在此期间，经营者雇请了15名不同的女服务员，此后把当中的大部分辞退了，因为他们觉得，不能把那些没有把工作做好的人留下来。

目前，其中一样让南方这里的家政服务业工人无法进步的劣势就是：我们的同胞太容易找到工作了。要是我们能在每一个家庭中推行这样一条规矩，让他们请人的时候只请那些拿着前任雇主所写推荐信的人，那也许我们就能让整个家政行业的素质得以大大提升。即便我们的同胞在前任雇主那里表现得很差，他还可以通过撒谎获得另外一个家庭的聘请，长此以往，我们的家政服务行业就只能一直都这么糟糕、毫无起色。

很多白人，除了对黑人的家政服务能力有点认识外，对其他能力都是毫无认识的。要是因为这方面的事情而对我们的品格和服务留下糟糕的印象，那他们很可能就会推断，黑人的整个生活，无论从哪个方面看，都是不能令人满意的。我希望，无论我们因何接触白人，都能做好自己，从而给他们留下尽可能好的印象。

不管我之前提到过哪些缺点、过错，在我完结之前，我还是要说，在我们黑人之外，还没发现有其他民族，能在类似的境况下，在35年之内取得比我们更大的进步。因此，我如此坦率直白地和你们讨论，为的就是让我们能在未来取得更大的进步，远远大于之前的进步。

你在黑人大会上的贡献

这八九年来，我们有个传统，会在学校这里开一个“塔斯克基黑人大会”。这个大会的起源是这样的，几年之前，我们当中有些人灵光一闪，觉得我们不应拘束于在学校内举办这个大会，只面向已经聚集于校园里的学生，我们也许可以把范围扩大，去接触并帮助学生们的家长以及乡村地区的老年人，甚至帮助那些在城市里的人。

由于有了这样的眼界，几年之前，我们开始邀请一些人来我们学校花一天时间和我们待在一起，让他们以一种直接、朴实的方式来告诉我们，他们的物质、精神以及宗教信仰的状况。于是，那一天的整个下午都会用来倾听他们的想法：他们认为这所学校以及其他学校如何可以帮助他们；他们又如何可以照顾好自己。

于是，慢慢地这个简单小型的聚会变成了我们所说的“塔斯克基黑人大会”，在过去的几年里，与会人数从900人一路增加到了1200人。现在，在黑人大会之后，我们还会召开一个“工人大会”,因为与会者中有大量来自农场的农业工人。这个工人大会让来自南方各个专为黑人提供教育的学校代表们共聚一堂。

今年，这些会议将于下星期三早上开始。而今晚，我要和你们讨论的一个实际问题就是：如何可以令这个会议成功召开？你可以为这个会议做些什么，而这个会议又可以帮你做些什么？

我希望你们能领会到，如今在全国各处，越来越少的学校只埋头于老套的纯粹困在课室里的教学活动上。很少学校会像几年前那样，只让自己的工作限于那些他们触手可及的少数学生身上。很多时候，他们会把学校工作的范围扩大。

他们会以这样那样的方式去接触年轻人，同样也接触上了年纪的人。因此在很大程度上，通过黑人大会，我们塔斯克基学院也在做出同样的努力。

在这几天里，我们会有数百名农夫以及他们的妻子儿女聚集在这里。我们希望，学校里的每一个人都能下决心去帮助这些人；希望今晚这里的每一个人都感受到，当这些人齐聚塔斯克基学院的时候，肩上都担负着特别的责任。我们有时会说，来这里开会对他们来说就好比一年当中的学校教育日，在这一年365天中唯一一个接受学校教育的日子里，也许他们会以最集中的注意力来关注与他们有关的事物。把他们邀请到这里来，不但学校里的每一位教师和职员要担起责任，每一位学生也有各自的责任。我希望，你们都能想想，可以如何帮助这些人，当他们逗留期间，你可以如何启发和激励他们，好让他们在离开的时候觉得，花时间来这一趟绝对是值得的——即使他们当中有些人要长途跋涉才能来到。

来这里的有些人对书本知识了解的可能不是太多，可是我希望你们明白，不是每一个不能读不能写的人都是无知的。我认识的一些人，也是我引以为榜样的人，他们都是目不识丁的人。来这里的许多人中，也许会有很多人不懂得读写，但是，我们依然可以从他们身上学到某些东西。同时，在逗留期间也可以从我们的身上学到某些东西。

你要保证竭尽全力让他们在此期间过得舒适而快活。迄今为止，每一次举行会议时，我们的学生都很慷慨，他们会让出自己的宿舍，好让这些人能舒服地过一晚。我不清楚学生都睡到哪里去了，但我不相信，过往会有哪怕一个学生被强迫着不情愿地把房间让给这些与会者的。

我相信，你们在今年也可以做到如此慷慨。

我还希望你们能够记住，为了让会议成功举行，你们不但要礼貌热诚地对待来自南方各个州的农民，而且要礼貌地对待来自其他大型学院的代表，要关心他们。我们会有来自各个给黑人提供教育的学院代表，对这些学院、工业培训学校的校长、讲师们来说，放下其手头的工作来到我们学院过上几天，有着重大的意义。我们有责任好好款待他们，应该让他们觉得，放下手头的工作，花上一定的时间和金钱前来参加会议是值得的。我们希望他们能从我们的勤奋中、我们每一个系的培训中学到些东西，并把这些东西带回他们的学院，让他们的工作更得心应手。

至于你们自己，通过抓住每一个可能的机会，也可以从这次大会中获得裨益。当你们要离开校园的时候，就有很多实用的信息可以运用到实践中了。我希望你们以后也能在南方各处举行类似的当地会议。把人们召集到一起，把我们学校在此类会议上所教的东西教给他们。当你们通过举行此类会议把你的努力付诸实践而让人们快乐起来的时候，你就能获得最大的收益。**生活中最大的快乐就是让别人快乐；生活中最大的收益就是助益别人。**我希望你们能找到那些最无知、最穷苦的人，我希望你们找到那些最孤独、最沮丧的人，然后做些事情让他们快乐起来。在做这些事情的时候，你也是在为自己做最大的贡献。

我希望，这个学校里的每一名学生，都是由内而外的绅士和淑女。绅士的意思就是：一个慷慨的人，一个学会仁慈待人的人，一个能以他人的快乐和福祉为重的人。让我们把这种精神灌输到下周的会议中，这样一来，这场会议就会是我们有史以来最成功的一场会议。

让我们下定决心，每一个出席会议的人，无论他代表的是一所大学、一所学院、一所工业学校、一个农场或者一个商店，当他们离开这里的时候，他们会从塔斯克基学院里带走一些能令他们更快乐、更明智、更坚强也更有用的东西。

我们的未来是什么

上周四的下午，我收到了一封电报，发电报的是一位在乔治亚州某个城市作短暂停留的绅士，他请我立即过去一趟，说是有重要的事情。我非常好奇究竟是什么事情这么需要我，所以我去了。我发现，原来这位绅士在立遗嘱，他打算把存起来的一笔金额高达两万美元的款项留给我们学校。

这位绅士请我过去，主要是想向我了解这所学校的未来。他说，这些钱是他辛苦工作才存下的，是经过许多努力和牺牲才得来的，而且他的朋友也恳求他把钱用在其他方面，因为他们相信把钱用在其他方面能带来更多更持久的好处。因此，他很想了解这所学校的未来究竟会是怎样的，因为他不想把钱拿去冒险，留给一个短期之内似乎会兴盛但在几年之后就式微的机构。

他说，他不会把钱留给一所不能与时俱进、不断突破的学校。因此，他在我面前不断重复的话题就是："塔斯克基的未来是什么？"他想知道，要是他把钱留给我们，我们能否用好这笔钱，年复一年让一代又一代的人受益。

我们的好朋友布朗教授，在他本周的一两次演讲中就曾要求我们注意：对我们来说，让学校发展到其应有的地位、让它名副其实有多重要。而我今晚想要和你们谈的，就是再次强调这一点。

我记得，那位和我谈话的绅士，向我反复强调：从外界看来，塔斯克基是可靠的。对于人们是否支持我们学校的发展，我们不应有任何的怀疑；而我也越来越意识到这点。如果我们让学校的一切保持运作良好，只要我们学校值得别人支持，那么这个国家的富有人群就会支持它。每一年，留在我心里的这种印象都会越发深刻，而且也有越来越多的迹象显示，我们学校的持久与发展，不是依赖于南方或北方的人们是否倾其所有来支持这所学校。我有绝对的信心，人们会支持我们学校。但是，最大的问题在于："我们值得人们支持吗？我们值得公众信赖吗？"这是个相当严肃的问题，让我心里最沉重的问题，也是其他教师心里最沉重的一个问题。

而这个问题想要得到满意的回答，就只能靠我们学院的每一个学生，每一个人——无论他和这所学校是什么关系，也不管他能力如何——把他所有的良心都投入这里的工作上。当我说“工作”的时候，我既指对书本的研习，也指手工劳作、体力劳动以及心灵的积极性。无论你要做的是什么，你都该全身心投入去做，做到最好。我希望，你们能够说：“我已经全身心投入我的学习中、我的工作中以及我尝试去做的每一件事情中。无论我做过什么，我都诚实地竭尽全力。”

其实，全国各地的人都会一遍又一遍地问这位绅士所问的问题以及类似的问题。而要回答这个问题，我们只能全身心地投入工作中，并且保持彻底的无私。让我们都养成习惯，每一天都为着别人的舒适和福祉而做好计划，每一个人都尽量无私，记住《圣经》所说的：“凡惜命者要先献身。（He that would save his life, must lose it.）”，除非一个人能够日复一日地为着他同胞的利益不断献身，否则，他就不算是一个达到“惜命”的最高境界的人，不算是一个向耶稣看齐的人——这些向耶稣看齐的人非常珍惜他们的生命，并且通过珍惜自己的生命来珍惜其他千千万万人的生命。

然而，仅仅靠我们把所有的良心都投入每一次努力中，并不足以为这个问题给出令人满意的答案。不管我们努力做着什么，要给出令人满意的答案，还是要靠我们日复一日地不断进步，每一天都比前一天做得更好。在大型的机构里，不难找到那些每天都要打扫房间的人，或者每个特定季节都要去耕作的人，或者在某些特定时期去做某些特定工作的人；但是，难的是找到那些会在打扫时、耕作时、种植玉米时还能不断提高、进步的人。对我们来说，问题在于："我们能否保持每一年都在要努力的事情上开动脑筋，能否每一年都不断稳步前进？"你是否能养成这样一个思考习惯并让其成为你身体的一部分呢？这样一来，你迈出校门进入社会的时候，不会止步于在同一个岗位以单调、一成不变的方式来完成你的工作。你只有在工作里的每一个可以改善的细节得到改善，同时工作变得更容易、更有条理也更便利的时候才会感到满足。

因此，我们必须在自己的工作上花心思。我们这个学校的每一个专业，每年都肯定有一些可以改进的地方。对一个学院来说，保持一成不变那是不可能的；它不进则退，每一年里只会变得越来越好或者越来越差，越来越强大或者越来越无足轻重。

要让我们的学校成长发展，就只能通过每一个人的努力——努力花心思在自己的工作上，去计划如何改进自己的工作，不停地令自己的工作可以为学校做出更多的贡献，一直保持自己的工作地点整洁，并且让自己的工作方式更系统化、更切合实际。要对全国各地人们提出的这些问题给出满意的答案，对我们而言，这就是唯一可行的方式。

你会发现，人们会越来越希望从我们这里看到一些有形的成果。不但是在这里，其实在全国各地，我们整个种族都需要回答这个问题："我们究竟可以实现些什么成就？"我们的朋友以及敌人都非常明白，我们可以写出很好的新闻文章，可以做很好的演讲，我们还能歌善舞、能说会道，诸如此类的东西我们都能做得很好。所有这些都很容易理解，也很容易得到大家的承认。但是，越来越需要追寻到答案的问题是："我们可以产生自己的思想吗？可以把这些思想化作有形的成果，好让世界每天都能见证我们的智慧吗？”

某年冬天，我在爱荷华州的克林顿（Clinton）镇，之前我从没听说过这个地方，而当我到那里的时候，我很惊讶地发现，那里有16000多名居民。负责接待我的男士想要带我去一家黑人餐馆。我原来以为，将会见到的餐馆和我们的同胞通常所开设的餐馆差不多，但是他带我去了一家非常大、足有两层楼高的建筑物里，这让我很意外。我发现地板上都铺了地毯，室内的所有一切都如此吸引人、令人愉悦。这家餐馆比这个国家许多大城市的餐馆都要好。我发现那里的侍应都很整洁，服务很好，所有一切都井井有条。除了餐馆主人的肤色，没有一样东西显示出这是一家由黑人经营的餐馆。

当我的朋友带我去另外一家规模相近、风格相似且同样值得赞扬的黑人餐馆时，我发现，这两位餐馆老板，不仅仅是在做一门平常的餐饮生意，他们还会自己生产糖果和雪糕，承接大型餐饮服务。在那两家餐馆里，我问白人对黑人有什么看法，几乎每一个白人都表示对黑人有绝对的信心。问题只是在于，那里的黑人不是很多，而正是这些为数不多的黑人给白人留下了良好的印象。

你们看到了，仅仅两个人就能发挥出那样的力量。这些人并未见过许多黑人，但是对我们来说，很幸运他们接触到我们同胞中特别出色的两位——那可是我在这个国家所见过的最出色的两位（黑人餐馆老板）。因此，在那个小镇里不会有人诅咒黑人，每个人都信赖黑人并且很尊重他们。

只要我们能在全国各地以这两位为榜样，你就会发现，曾经非常困扰我们的问题会自动消失。除非我们切切实实做到了，否则，我们无法光凭言语和争论就能消除人们的偏见。我们不能光靠嘴皮子争取到权利，必须靠努力工作、思考来争取权利。只要我们做好了这些，就会得到我们应得的东西。

干净整洁

今晚，我将要花上几分钟和你们谈一些被我称作“重大小事”的东西。我说它们“重大”，是因为它们极其重要；我说它们“小”，是因为在许多人眼里，很多时候它们都被看作琐碎而不重要的。但是，在我们这样一所学校里，我认为它们绝对是至关重要的——在那些值得我们学习的重要东西中，它们绝对位居前列。

你们应该还会记得今天早上，牧师所做的布道，他提到了本质的三层分类：肉体部分、心理部分和精神部分。而今晚我要谈的东西，主要是和我们的肉体相关。关于如何爱护你自己的身体，你们确实有很多东西需要学习；如果现在不学习，那么可能终你一生都不会再学。你现在就该踏上一条学习的道路，让这些良好的习惯成为身体的一部分，否则就无法让它们永远来到你身上。因为你没有让它们成为身体的一部分，你会令自己终生羸弱。

我会用非常平实的语言来和你们谈这件事情，因为我相信，如果我不能用一种让所有人都明白、欣赏的方式来表达我的主题，那我说的一切都是白费。一个在寄宿学校学习的学生该养成某些好习惯，其中一种习惯就是定期洗澡，要是一个学生在家里没有养成这个习惯，他就该在这里养成。我发现，总是有为数不少的人没有养成这个习惯，这让我很惊讶。那些没有养成这个习惯的人是没法取得最大成功的。我的意思是，一个没有养成习惯让自己的身体保持清洁的人，是无法担负重任的。你会发现，当这些人要和那些养成习惯令自己的身体状况保持良好的人进行竞争时，后者通常都会胜出。我相信，你们当中很多人已经通过生理学课程弄明白了，当需要和疾病战斗时，如果两个人都患了同一种疾病需要卧床，那些养成良好个人卫生习惯的人，比起那些没有养成良好个人卫生习惯的人更容易恢复过来。你还会发现，那些养成习惯爱护自己身体的人往往在学习上也更得心应手。他的身体状况让他更能经受繁重的学习；反之，那些不爱干净的人则差多了。

再来说说牙齿。一个人要是不重视牙齿的清洁和护理工作，不将其视作生活中重要的部分，就不能说他是个受过良好教育的人，是个有教养的人。当我说把这些当作生活中重要部分的时候，我的意思是你该让它们成为一个强大的习惯，一旦哪天你不这样做了，你会觉得很不自然。有人曾说，人就是由一个个习惯塑造出来的。有很多良好的习惯，我希望你们能把它们都转化成身体的一部分，应该持续不断地去努力，让这个目标最终成真。

还有就是头发。每个人都该养成护理头发的习惯，还有指甲，也应该保持清洁。

我在上面所说的都是些普通的琐事，但都是些很重要的事情。我可不愿意看到一个从这里毕业出去的学生没有养成爱护牙齿、头发、指甲并定期做清洁的良好习惯。你们记住了吗？

以那些在这里学习了两三年的年轻人为例。你们有没有产生这种感觉：当你的头发没有梳好、你的指甲变脏、你的身体不够清洁的时候，你们会不会对这一切有所不满？要是当你们毕业的时候，还没有成长到那个境界，那么证明你们所受的教育出了问题，你们根本还没准备好迈出校门，无论你是高年级的学生还是预备班的学生。

还有一件事情。我得承认，对那些衣服上长期没有纽扣的人，我很难给以他们崇高的敬意——因为这实在是不应该的事情，纽扣这么便宜。我不禁会想，要是我要求你们当中那些衣服上纽扣齐全的人都站起来，究竟能有多少人可以站起来。对一个让自己的围裙长期留有一个大洞的女孩，我实在是很难给出良好的评价。同样，对一个发现自己大衣上有油渍却不立即去清除它的男士，我也很难产生好感。

如果能把自己的皮鞋擦干净，能更尊重自己，你也能获得其他人更多的尊重，无论你在哪里皆是如此，在学校时则尤其如此。每个人都该养成擦鞋的好习惯，让自己的皮鞋时刻保持状态良好。

我想，在说完上面的一番话后，我也不必重复了：对每一个人来说，穿上最整洁的亚麻衣服是极其重要的一件事。我之所以如此直白地和你们说这些事情，是因为我希望对这些事情的关注能内化成你们身体的一部分，成为你们快乐与成功的基本要素。我希望，从这里毕业的每一个女孩都衣着整洁几近完美，并且要是有任何细节她没照料好，她就会觉得不满意；同样，我希望男孩们也如此。让这些事情在你们所受的教育中占据一个更大的比重，也在你们日后的生活中占据更大的比重。

除此之外，虽然学校里学生人数非常多，宿舍甚为拥挤，即便如此，你们也应该加倍努力，让房间保持干净整洁，让室友都学会把各样东西各归其位。

要保证无论在灯光下还是在黑暗中，都能随手找到你想找的东西。

还有其他两三件小事：你们在宿舍里、工作时、和同学交谈时，都该保持一份平静。安静地工作，养成轻轻关门的习惯。在不知不觉中，所有这些小事将大大增加你的快乐，让你在接下来的岁月里更具男子汉气概或者女性气质。

最后，有条理的生活不能缺了阅读。每天抽出一定的时间，即使四五分钟也好，用来阅读并且学习课本之外的东西。可以看看那些游记、历史和传记。我希望，这个学年你们能以前所未有的热情光顾学校的图书馆。里面有大量出自许多优秀作者之手的作品。

在养成各种习惯之后，让学习、休闲和休息的时间变得有规律。

最后，我要说的绝对不是一件最次要的事情，那就是：要定期思考、反省。好好剖析自己，全面审视自己，看看自己有些什么弱点，哪里需要提高。在每周结束之后，把身上那些拖你后腿的重担甩开，把原来的自我抛在身后，以全新的身心昂然开始下一周。要是能坚持不懈，你就会发现，当这长达九个月的学年过去后，在每一个催人成熟的方面，你都大有长进了。

给未来的教师

今晚坐在我面前的你们，当中有很大一部分人在离开我们学校之后会做一段时间的教师——即使不一定把教师作为终身职业。因此，今晚我要和你们谈一个话题（我在别的地方也曾谈过），这话题就是：在南方我们该如何建立一所好学校。

南方的黑人学校，尤其是乡村地区和小镇里的学校，按规矩，在州基金的支持下每年只能开课三四个月。因此，对教师和家长们来说，最大的问题就是，如何将学年延长到七八个月，好让学校做得更好呢？

为此，我打算坦率地给出几个建议，只要人们能听从这些建议并细心将其付诸实践，每一个族群里都可以有属于自己的好学校。我们这么说可不是夸夸其谈，因为，已经有不止一个从塔斯克基学院毕业的学生，根据我概述的计划建立起好的学校了。

首先，教师们必须愿意在社区里安定下来，把那里当作自己的家，并且把教学当作他的最主要目标。他不但要消灭那种觉得自己每隔两三个月就可以搬动一次的想法，还要明白——他不仅仅是为了一份薪水而教学，他必须为社区的利益做点牺牲。

其次，必须要找一个便利的校址。通常，在南方的偏远地区，州政府是没有能力建立校舍的。那该怎么办？建造一个好的校舍是要细心计划的。教师或者其他人，应该深入社区，和里面的人们接触，不管他们是白人还是黑人，并且让他们做些贡献——无论他们捐献的金额是多少，或者他们捐献出的东西价值有多少——好去买木材。当我们开始建立塔斯克基学院的时候，一位上了年纪的黑人女士就曾给我买了六个鸡蛋作为她的贡献。

如果通过捐献和征集无法筹集足够的钱来买木材，那么一顿午饭、一次活动、一次款待或者一次教堂募捐都会对这事有所帮助的。当木材准备好后，就该叫家长们用马车出一份力了，让他们义务运输木材；然后，至少要找一名出色的木匠来领导建造工作。社区里的每一个人都该贡献出几天来帮助搭建校舍的框架。在建造的过程中，年纪大一点的学生完全可以帮上大忙，而且，当他们有份参与建造时，也会对校舍有更深的感情。靠着这些，再加上耐心的工作，几乎任何一个社区都能建起一座结构良好的校舍。

有可能的话，以每个学期只有三四个月的公立学校作为起点，并和教育官员合作，让这三四个月过后，学校不用关门。因为一旦关门，学校也没有任何好处。

一旦教师在社区里安定下来，他该把人们组织起来，建立一个俱乐部或者学术会，每周举行一次会议，或者每两周举行一次会议，和大家讨论学校改进的各种计划。

还有为数不少的方法可以延长学校开课时间的。其中一种，就是当学校还在正常开课的时候，让家长们每个月付出10美分、25美分或者50美分。那些拿不出现金的家长可以拿鸡蛋、小鸡、黄油、马铃薯、玉米或者其他一些农产品来代替，只要这些东西能让教师吃饱就可以了。还有一种办法，让农民留出一小块地，并且把这块地里所有的产出都送给学校。另外一种办法，教师们可以租赁或者买下一小块土地，譬如说大约2～5亩，然后让孩子们上学时在这块地上耕作——这方法至少已经在一个地方成功推行了，而且，这对教师来说是比较容易实现的。要是通过这种方法，能产出三大包棉花或者各种各样的蔬菜、谷物，那这些农产品就可以拿去卖掉，用所得的钱就可以把学期延长到六至七个月。

起初可能会有家长反对这么做，但很快，他们就会发现，让学校在每天下午一两点结束课程，以便孩子们能花上一两个小时在学校的土地上劳作，并最终让学期持续到六七个月，总好过让学校在三个月之后就完全停课。此外，这种做法还有另外的好处。

教师们可以通过这种方式，在实践中教会学生如何更好地耕种。对学生来说，听取一些农业耕作的原则，比让他们死记硬背非洲中部某些高山的名字来得有意义。很多时候，校舍附近都有足够多的土地可供学生们耕作。

教师应该在社区里买一所房子，并且让他的家成为附近所有人学习的典范。完成教学工作的时候，教师应该在农场里耕作，或者做些小生意。这不仅仅是帮助教师营生，也是给人们树立榜样；如果是女教师，那她更加可以通过缝补工作、裁缝工作或者养殖家禽来增加收入，几乎每一个社区都可以这样做。

持之以恒

今晚，我将花一些时间来和你们谈谈“持之以恒”。希望你们明白，一旦开始在学校里学习，除非能坚持自己所做的事情，否则，你是没法做成任何事的。无论一个人拥有多少财富，无论他在这方面或者那方面已经拥有了多少东西，也无论他掌握了多少的技艺或者知识，除非他能同时拥有坚持不懈的品格，否则，他是不能成功的。简言之，**一个成功的人是不会摇摆不定的。**

这就是为什么那么多牧师最终失败的原因。他们在开始布道没多久，就会跳到别的事情上，他们没有坚持做一样事情。对很多律师和医生来说，情况也一样，他们没有坚持自己所做的事情，还有很多生意人也是因为这个原因失败的。要是一个人有了这样的名声——无论他要做什么，都没有把事情坚持下去直到取得成功的品格——那么它会从各个方面抵消其他优秀品格所带来的良好影响，因为人们会说，他不够稳重、摇摆多变。

我希望，当你们开始学校生活的时候，会秉持这样一个信念：无论你要做的是什么，都会坚持下去直到你做完。我认为，当来到这里的时候，你们理所当然地该秉持这样的信念：就在你们来这里之前，在你们和父母坐下来谈这件事情的时候，在你看过介绍学校的宣传单并且经过深思熟虑决定要来这所学校之后，在你相信这所学校所提供的正是你要学习的课程之后，你就该有这样的信念了。我理直气壮地认为，你们就是带着这样的信念来这里的。而现在，我想对你们说，除非带着成功的决心而来，并且为了这个目的一直留在这里直到你获取文凭为止，否则，你会伤害你自己、父母、学校以及自己的名声。我希望这里的每一个人，每一个年轻人，都有这样的决心：除非他完成了自己所有的目标，否则他不会放弃努力。

你们正处于这样一个阶段，要是你们一会儿做这个，一会儿做那个，要是你先参加了这个课程，然后又去参加另一个课程，此后在你的一生中，你很有可能会这样继续过下去。所以，当你们来到这里之后，一定要下定决心，无论做什么，都要做好。这不但对你的学校生活有好处，对你此后的生活也有好处。

前一个晚上，我在蒙哥马利市，当时我在街上一站就是一个小时，因为我对某些东西产生了前所未有的浓厚兴趣。我很少会在一条街上站上一个小时，但昨晚，我确实在那里站了一个小时，就在J.W.亚当斯（J.W.Adams）先生所开的一家又大又漂亮的商店前，我看着两名在我们学校完成了学术和劳动课程的姑娘在那家商店的橱窗里完成了女帽的展示工作。她们是杰米·皮尔斯（Jemmie Pierce）小姐和莉迪亚·罗比森（Lydia Robinson）小姐。在蒙哥马利市，每个十月的第一个星期一，通常都是他们所谓的“女帽节”，在这个日子里，所有卖女帽的商店都会展示各式女士帽子。意外而有趣的是，这两个姑娘来到了一个大城市，并且掌管了一家大商店的女帽部门。

数百人流连于橱窗前，对她们所做的展示和装饰中流露出的品位表示赞赏。所有这些，都是由两个塔斯克基学院的毕业生做出来的。而且，对此赞赏不已的不仅仅是黑人，还有白人。没有人可以仅仅看着橱窗就判断出那是黑人的作品还是白人的作品。很多流连的白人女士根本不知道，她们正站在一家由黑人开设的商店前——这家商店没有黑人商店通常会有的那些特征。很多时候，当你走进一家黑人商店，会看到门上或者柜台上有油渍，或者会从其他这样那样的迹象中看出这是一家黑人的商店。你们当中那些希望毕业之后能自己经营生意的人，谁也不乐意看到自己的商店被打上那样的烙印，你们都想拥有亚当斯先生那样的商店。

上面提到的两位姑娘给自己赢得了好名声。她们在这里学习时就已经进入了女帽专业，而她们一直在这个专业学习直到毕业。其中一人，我记得当她拿到学术文凭时，还没完成女帽专业的学习，但是去年，她又回来了，并且参加了女帽专业的一个深造课程。看到两位年轻女士取得成功令人感到欣慰，因为她们明智地做完了该做的事情。

她们就是你们都该学习的榜样。如果你们现在没法学会，那你们的一生很有可能就是失败的。你们就应该成为她们那样的人，就该努力争取。如今，要是你希望得到文凭，就要经历一段艰苦岁月。你们当中有些人可能会没鞋穿，有些可能没有帽子戴，或者没有任何适合的衣服，为此你们可能会感到沮丧，因为你们不能像别人那样拥有漂亮的裙子或者帽子。可是，对于一个因为这些事情而放弃的人，我连对其表示轻蔑的兴趣都没有。你们该做的就是努力度过这段岁月。让头脑充实起来，而不是担心能否因为这种充实而受益，衣服总会有的。

某些时候，你可能会很沮丧。可是，假如你能用心坚持完成现在要做的事情，那么在以后的生活中，也能继续有所坚持，并且会为自己赢得名声，因为，这个人会坚持做完任何他要做的事情。**生活中最可悲的事情就是看到一个人老去，而他并未在任何一个方面变得专业，没有什么是他可以赖以谋生的技能。**看到这样的人在老年陷入贫困、无家可归是令人难过的，而这正是因为，当他们应该存钱给自己置一所房子的时候，他没有这么做。因此，我们一生当中都该向大量没有学会这一点的人不断指出：无论他们要做什么，都要付出一定代价才能成功，现实就是如此。如果我们想成功，也要付出相应的代价。那些最终大获成功的人，都是以一种谦逊、直截了当的方式取得成功的，他们对自己所做的事情深信不疑、坚持不懈。那些能如此坚持的人，最终会发现自己取得了巨大的成功。

你该做什么

通常来说，任何一样工作都是比较容易上手的，但是，工作的价值在于：要把工作做好，以尽可能快的速度得到最想要的结果；并且，要以一定的方式将工作安排好，以达到一定的目标。对那些掌管身体健康的器官来说，它们一直需要处理一个问题：如何运行消化并将食物中的营养传送到身体的每一个部位——不仅仅是消化器官附近的部位，还包括离这些器官很远的其他部位和器官。

同理，对那些习惯做公开演讲的人来说，他们的目标就是要让那些离他们很远的人也能和坐在他旁边的人一样，清清楚楚地听到他要说的东西。正是为此，每一年，我都越来越觉得，对我们所有在南方的学校来说，让那些离我们很远的人都能强烈感受到我们的影响力，应该成为我们的一个主要目标。

如何接触到那些“遥远”的大众呢？我说的是那些离教育很远、离激励和启蒙很远的人。对乡村地区来说，这不容易做到，因为他们要接触的人实在很多又常常接触不到。我们该牢牢记住这样一个事实：像我们这样的一所学院，除非能让广大人民，尤其是那些不能进入我们学校学习的人民，感受到我们的努力成果，否则我们的存在价值是微乎其微的。

你们当中绝大部分都知道这样一个事实：即使已经摆脱奴隶身份有30多年了，可是，在乡村地区，还是很难碰到一个受过良好教育的教师。你们也知道，在政府部门里也有类似的情况。因此，今天在南方，在这些学校中的年轻人就要担起这个责任，去接触那些要接触的人，把好的东西带给他们。

那么，你们又该做些什么来接触这些人，并把他们迫切需要且殷切期待的东西带给他们呢？这事情做起来虽然困难，却并不令人沮丧，因为这些人早已准备好去追随光明——一旦他们确认眼前是他们要的光明，就会去追随。你很少会碰到一个黑人对自己的无知毫不自知，也很少会碰到一个发现自己做得不够好又不想着变好的人。因此，从这来看，事情是令人鼓舞的。

其中一个比较严重的方面是劳动。在南方的每一个城镇，大部分黑人同胞在手工劳动方面的能力都较为低下，尽管我相信现在已经有些改善了。大部分同胞都已习惯了勤俭节约以及无休止的辛苦劳作——这当中令人沮丧的难题就是，他们根本不知道如何依靠自己的辛勤劳动来获取收益，因为他们受的教育很少，也不大明白工业发展；他们不知道如何让自己的工作成果得到别人认可。没有人（尤其是乡村地区的人）会乞求别人施舍食物、衣服和房屋；他们唯一的要求就是希望有一些诚实、正直的人来关心他们的福利，来到他们当中并教会他们如何将辛勤劳作运用好，如何从劳动成果中获益，好让他们自给自足，既满足自己的道德、宗教和物质需要，也有能力教育下一代。

从我们这些学校出来的年轻人无论去哪里——汉普顿（Hampton）、塔拉德加（Talladega）、费斯克（Fisk）、亚特兰大（Atlanta）或者其他地方——只要这些年轻人到黑人同胞当中安定下来，令自己的生活成为他人的榜样——建立一所好的学校，并且让人们相信，无论情况好坏，作为教师的他们都会留下来和人们一起度过，你会发现，这样一位教师，不但会受到人们的鼓励，还会在物质上获得人们的支持。这样的人，能在方方面面改造自己身处的社区，你们都可以有那样的机会，要知道，世界上其他地方受教育的年轻人并没有你们这样好的机会。你们会欣赏这个庄严而美好的机会吗？

昨晚，我和一位最近刚在南方各州待过一段时间的先生谈话，他告诉我，南方各州的乡村，几乎没有一家公立学校的开放时间会超过四个月。他还告诉我，那些地区的月平均工资不过是15美元多一点；在其他州，人们的境况也大致相同；而在我们州，情况也许比上面提到的州还要差。在阿拉巴马州的某些乡村地区，今年人们没有收到资助，没法让学校继续运作——哪怕只是三个半月都不行，当然，城镇地区就不一样了。在某些乡村，教师的每月收入通常只有12到20美元，而有的教师从州资助款项那里获得的工资也不过是10美元。

不久之前，我曾和一位来自另一个州的先生谈论他们那儿人们的物质情况，他告诉我，从实业方面看来，他们大部分人今年过得很不好。很多时候，他们都要受到地主的支配——我说的地主就是那些经营大种植园的人；同样的情况也在所有种植棉花的州里出现。我想，我不必继续向你们阐述，这些情况将会引起的不可避免的精神问题。

我实在不必浪费你们的时间来告诉你们，这些不知从何处获取果腹之物且很无知的人，又会有多少道德和宗教信仰呢？更加不用描述随着这些困境而来的种种不道德行径了。

我在上面尝试向你们描述的现今在乡村地区所存在的种种问题，听起来似乎是不大令人振奋，但是在我看来，每一个得以在我们学校或者其他的南方学校享受教育的年轻人，尤其是那些将要毕业的年轻人，应该把种种此类状况看作一个大好机会，让你们施展拳脚的机会。在这里接受教育的每一个年轻人，都是靠别人提供的资金获得教育的。你们当中没有一个人要为你们接受的教育付费，你们也许会为了膳食而付费，但去其他地方也一样要为这付费。每个人都必须为自己的衣服出钱，但是建筑校舍的费用、租金、学费以及其他与维持学校运作有关的费用都无须你们支付。你们所受的教育，很大程度上就是公众送给你们的礼物。在我看来，你们首先应该做的事情就是回报公众，应该竭尽所能用你们提供的服务来回馈当初那些倾注在你们教育上的一切。

这是一笔债，不但是你欠自己的，还是你欠我们整个种族、整个国家的。这还是一笔信仰上的债务，为此你要愿意去这些乡村地区接受几年的磨炼，直到你能找到自己的立足点，能植根于这些无望的社区。我有信心，你们不会在这些地方受苦太久，最艰难的是刚开始时的两三年。当你能让人们相信你是诚挚的时候，你就赢了。当你能让人们相信，留住一位受过良好教育的教师总比留住一位无知的教师来得划算，当你能向他们展示，你的价值不仅仅在教育方面，还在劳动培训方面以及道德方面时，你就赢了——这些人一定会站在你的一边并支持你。我相信，在很多情况下，你们会发现，在乡村地区工作会让你得到更好的财政支持，要比去大型城镇工作还好。无论你从哪个方面来看待这个问题，它都是有很多好处的。

在谈及这些服务所能带来的回报时，我要告诉你，当那些父老乡亲因为你所提供的服务而获益并因此敬仰、赞美你的时候，你获得的满足感是其他东西带来的满足感不能比拟的。我知道有这么一些例子，一些教师去乡村地区并且扎根下来，尽管他们没有赚到很多的钱。但是，因为他们在各个方面帮助了当地人，年复一年，他们都能感受到在身边的当地人出于感激而产生的爱和真诚的敬仰。

在适当的文明扎根之前，世界各地都应该开展此类先驱式的工作。当人们扎根西部时，他们做了这样的工作，抛弃了舒适的生活。那些当初在一片荒地上建立起欧柏林大学（Oberlin College）的人肯定也经历了很多艰难苦楚；那些前往华盛顿、俄勒冈、加州并且建立起如今所见大城市的人，也一定经历过这些艰难；他们经历过的，你们肯定也要经历并且应该去经历。

你们愿意为了同胞们看到他们一直以来所期待的希望而受苦吗？要是在我面前的年轻人怀有正确的想法，他们会愿意的。我最希望的当然是，你们能够把这里每一日所学到的东西带给那些绝望无助的族群；我希望你们能给这些地区培养出受过教育的人。当你们明年5月或者其他时间从这里领取了文凭之后，下定决心扎根于这些族群并留在那里吧。无论你要做什么，要是你变得像犹太人一样一直流浪，你是没法实现太多成就的。找到一个你认为最能发挥才华并令当地人民受惠的社区，并且留在那里吧。

（在这篇演讲之后的一段时间里，我觉得南方的乡村学校有了很大改进，包括我那时描述过的人们的生活状况，也有了很大改善。）

个人责任

之前，当我给你们演讲的时候，就曾提到过，你们每一个人都应该对你们在这里所担负的任务有兴趣，而不仅仅是关注那些任务对你个人生活而言会有什么意义。今晚，我希望更具体地谈谈这个主题——对你们来说，不但对你所担负的每一个任务能否成功负起责任很重要，而且对你所接触到的值得去做的每一件事情能否有个成功的结果负起责任也同样是很重要的。

你应该明白，你的行动影响的不仅仅是你自己。在这样的年纪，几乎没人能够只靠自己存活。在许多方面，我们的生活也会对别人造成影响；同样，别人的生活也会影响我们。即使有可能以一种相互隔绝的方式生活，也没有多少人愿意如此。几乎可以肯定的是，一种狭隘而自私的生活不但没有回报，也是不快乐的。那些快乐而又成功的人，都是些乐意接触尽可能多的人并且竭尽所能给别人带来良好影响的人。然而，一个人如果想过上这样一种积极的生活，重要的是要先养成某些习惯；而其中一个基本的习惯就是要认识到自己对别人所负有的责任。

你的行动会在不同的方面影响到别人。所以，你要对你的行动结果负责，你应该牢记这点，并且管好自己。举个例子，假设这是一次课堂背诵，也许有人会说："要是我背诵失败了，那也不关别人的事，除了我自己以外，没人会有损失的"，可事实并非如此，你在间接地伤害老师——学生不爱学习或者太懒导致表现糟糕，一个勤勉、努力的老师是不会因此而得咎的，一个老师的名声会因为学生的平均表现而起伏。每一次的背诵失败，都会拉低平均得分。同时，你还会影响到你的同学，尽管你是无心的。说其他人并无观察着某一个学生并将其当作效仿的榜样是不大可能的。"有这么个家伙，"有些学生会对自己说，"他已经不止一次在班上背不出来了，可他也没什么事，要是我也有一次背不出来，应该也没啥大不了的。"因此，他忽略了自己的责任并最终丢失了。

我之所以要具体谈谈这个主题，是因为这里发生的两件事情引起了我的注意。其中一件事情揭示了：部分学生没有那种我在上面提到的个人责任感；另外一件事情则展示了，一个拥有个人兴趣以及个人责任感的学生是怎样的——这事情可喜而且鼓舞人心，第一件事发生在几个月之前。和这事情有关的学生也许现在不在这里了，即使他们还在，这事情也不会再发生。

一位来这里参观的先生准备要走了。他在办公室留言：他计划搭乘下午5点的火车离开我们镇。我们派了一个男孩在中午过后不久拿着票据去车库预订一辆马车，好把这位先生以及他的行李送到车站。到了4点半，人们帮这位先生把他的行李从他所住的地方搬到大门那里，好等着马车过来。可是，没人来。后来，这位先生非常担心，他只好亲自去车库。就在他到达车库的时候，他遇到了车库的负责人，手里拿着那张票据——刚刚才拿到的；当然了，没有马车会出现的，因为第一个意识到他有责任派出一辆马车的人才刚刚知道有人需要用马车。那个拿走了票据的男孩把票据给了另外一个男孩，然后那个男孩又把票据给了第三个人，或者还有第四个。整件事被拖延了，因为没有人对这件事有足够的责任感，没人搞清楚票据要求他们留意的究竟是些什么。这件事发生在几个月前，虽然现在，这里的火车能直接开到切豪地区（Chehaw），基本上可以到达全国各地的铁路线。但那时，这位先生要去北方，他就要及时坐马车到切豪并登上去北方的火车。要是他走另一条路去蒙哥马利，就赶不上这趟火车了，而且，他很可能会因此错失某次非常重要的会面。因此，他是非得坐马车去切豪不可的，如果马车能按要求准时出现，他本来可以省下大量的时间。

可是，当这种事情发生的时候，无论那些该对此负责的人说多少遍"我很抱歉"都不会对事情有任何帮助——已经太迟了。要明白，你们有责任靠自己把事情做好，要好好留意你们要做的事情，保证事情最终的结果是良好的甚至是接近完美的——一如你竭尽全力尝试成就的任何一件事情那样接近完美。而且，要是任务在你完成之前就要转交给别人，千万不要以为你的任务就此结束了，除非你让那些接手的人也深刻明白他们的责任，否则，你的任务远没结束。

这个世界需要的是一些能够说明他们能做这事或那事的年轻人——能够说清楚如何可以克服某种困难或者清除某些障碍的人。但是，对那些不大关心自己完成某个任务时表现如何的人，这个世界对他们没有太多耐心；对那些一遇到挫折便灰心丧气，从此只会说他因何不能成事并且借口多多的人也没有什么耐心。机会从来都是稍纵即逝的，不会等我们。

每一个年月，都只会来一次，而且它们很快便会带着我们留在其身上那些不可磨灭的印记溜走。要是我们想让每一个年月过得美满、充实，我们就必须不断努力，抓紧它们溜走前的机会。

我在上面提到的另外一件事情说起来则令人高兴得多了。今年春天的某日，已是暮春了，已经不大需要烧火为校舍供暖了，一名学生路过费尔普斯大厅（Phelps Hall）时注意到，其中一个烟囱有大量黑烟冒出。有些人也许根本就没注意到那些黑烟，有些人则会说，那是烟囱排出的烟很正常，还有一些人可能会说反正不关他们的事，然后就走掉了。这个男孩与众不同。他注意到了那些烟是来自烟囱的，也许并无害，但是他觉得，在那个时节，任何黑烟都是有点异乎寻常的，所以他该去检查一下建筑物是不是有什么危险。他进入建筑物，在检查过每一层楼以及顶楼并发现烟囱和建筑本身都安全无恙之前，他一直都没有松懈。

原来，是看门人为了某些原因在地下室的炉子里生火了，因此，非常幸运，这个男孩担心的事情并没有发生。但是，对于他能有这种担心，并且在确认事情是否发生之前都不松懈，我由衷地感到高兴。我觉得，因为他在这里，我们所有的建筑物都更安全了。当他毕业并且离开的时候，我希望，他会让这里的许多人都学会养成他那样的责任感。现在我要在这里告诉你们，除非你们这些年轻人也能拥有他那样的品质，否则，你们实在很难实现最好也最高尚的成就。

我们经常会听到人们用“幸运”一词来形容一个人的人生。两个男孩在同一时间进入现实社会，并且接受过同等的教育。20年之后，我们会发现，其中一个富裕而自立，成为一个成功的专业人士，声名显赫，甚至是某个雇有许多职员的大型商业机构的主管，或者是拥有并耕种数百亩田地的农场主；我们还会发现，另外一个男孩长大成人，为着1美元或者不到2美元的日薪而工作，住在一所租来的房子里，手停嘴就停了。当我们记起两个男孩从同一条起跑线出发时，可能倾向于说第一个男孩真是幸运，幸运之神眷顾了他；而第二个男孩则很不幸。这简直就是胡说八道！当第一个男孩看到一件他该做的事情时，他就会去做，而且他持续不断地从一个位置升迁到另一个位置，直到能独立成事；而第二个男孩则目光短浅，总是唯恐他做的比他该得的报酬多——他担心他该得25美分的报酬却做了价值50美分的事情。他总是盯着时钟，恐怕自己在中午12点过后或者傍晚6点过后多做了一分钟的工作。他完全不觉得有任何责任来关注他雇主的利益。第一个男孩拿着50美分的报酬时会做价值1美元的工作，他总是提前到达店里，然后，当下班铃声响起之后，他会去问他的雇主，还有没有其他的事情需要在当晚完成，他可以在回家前先把事情做完。

第一个男孩正是凭这种品质变得受人欢迎，并且因此逐步发展起来的。我们为什么要说他“幸运”呢？我想，我们该说“他很负责任”，这才适合。

做好本分与步步高升

如果一个人想要获得一个比目前所占据的位置更高的位置，这是很自然的，也是值得赞扬的。只要一个人做好了目前所负责的事，就不应该因为寻找别的更好的工作而去指责他。现在的问题就在于：你要怎样做才能让自己成为受人追捧的人，可以去填补那些更高也更重要的职位呢？

首先，你应该继续寻找机会，让自己在目前的工作中得到提高，应该持续不断地去寻找那些机会，让自己在现有雇主眼中变得更有价值，并且为他而提高你的工作效率。假设你在做挤奶工作——我认为最好还是谈些你们所有人都比较熟悉的实际工作更好。虽然我也知道，你们当中的很多人更希望我告诉你如何成为国会的议员，而不是告诉你们如何做一个成功的挤奶工人。然而，因为我觉得你们当中很大一部分人，更可能会做挤牛奶的工作而不是加入国会，所以我觉得和你们谈谈挤牛奶的工作也没什么坏处。而且，一个挤奶工人要是能认真细致地完成他的工作，也许就会为他在未来加入国会打下了基础。重点在于，我们要坚持不懈地找办法来改进现在正从事的工作，无论是挤牛奶还是其他事情。

无论你正在做什么，总会有很多可改进之处是你希望知晓的。要是你从事的是奶酪业，就该看看奶酪业的期刊。你应该竭尽所能地抓住任何一本和你从事行业有关的书本或者报纸。要保证，你对挤牛奶这一行业已经有了彻底了解或者是接近彻底的了解。然后，不要满足于从书本或者报纸中学到的知识，因为那些知识只是其他人实践经验的结果。通过与那些睿智且经验丰富的人交流，再通过自己的实践，可以得到很多对你工作很有价值的信息。记住，要不耻下问。**无知的人要是耻于发问，担心这会暴露自己的无知，那他就只会一直保持无知。**

你一定要尽力了解一切目前职位上所该了解的东西，但同时要记住，你还有很多东西需要学习。那些觉得自己对所从事的行业、所占据的职位已经完全无所不知的人，往往都是些社会上最没用的人。要是你负责挤牛奶而又感觉已经对这项工作无所不知了，你已经变得无足轻重，并且不再适合这份工作了。该记住，“三人行必有我师”，在别人身上总有些东西是值得学习的。懂得去“学习”是智慧的标志，即使是向一个最卑微的人学习。我不是说，你们该把每一个建议都应用到实践中，或者同意别人对你发表的每一段讲话；但是，去倾听人们说些什么，把他们的计划和你的计划放在一起权衡一下，然后从最好的一个计划中获益。坚持这样的对话交流以及阅读吧，你会在不断的惊讶中发现，原来你对自己的工作所知不多，原来别人比你知道得更多。

你还应该学会去预计雇主的需要。这样，你就能让自己成为他的得力助手。你们不知道，对一个在每天早晨都要对着自己的雇员说“9点做这事，12点做那事，下午5点做其他事”的人来说，这是一件多么令人恼怒而沮丧的事；而拥有一个能提前想到自己需要什么的雇员，又是一件多么令人愉快的事。

然后就是，只要你能把所从事的工作当成自己的事情，就能让自己成为一个有价值且受人追捧的人。千万不要以为，你做这些工作是为了某个人或者某个机构而做的。你们该尽快达到这样一个境界：每一件事，只要和你所从事的工作有关，无论是发生在商店里、办公室里还是马厩里，那都是你该关心的事情，而你就是要对这些事情负责的人。如果你是某个马厩或者谷仓的负责人，你就该每日都计划好如何让牛马吃得最好。当你能成为这些下等职位的能手时，你就会发现，那些让你升到更高职位的提拔自然就会出现。那些总是把大部分时间用于寻找更好职位更高报酬的家伙，十有八九都是在其他地方经历了很多无谓失败的人。

敬业

今晚，我希望花上几分钟来让你们注意一件事情，那就是：一次成功需仰仗于别的成功，一个人的成就需仰仗于别人的成就，而一个族群各个家庭之间需相辅相成才能得享共同的繁荣，一个州内的各个地区亦然，唯有如此才能有个成功的州政府。同样的道理也适用于大自然。万物之间相互依存，相辅相成，自然界的各种力量之间也是相互依赖的。要是植物不存在，动物也生存不了；要是没有矿物质，植物也无法存活。因此，任何一种生活都会如自然那样，自始至终需要仰仗别的东西来获得成功。

同样的道理也适用于我们学校以及其他所有学校。一个学校的成功，取决于每一个和这所学校有关系的人，取决于他是否做好了自己那部分工作，是否履行了他的责任。

我们很容易陷入这样一种思维：认为职位有高有低，服务有轻有重；但我相信，上帝希望看到，一个在所谓低职位上工作的人会和那些身居高位的人一样，投入同样多的心血到他的工作中，一项工作或大或小都能被尽责地完成。我们的学校要成功，就需要仰仗每一个和学校有关系的学生以及教师，当然，每一所学校都如此。没有其他任何一样东西，能比得上让我看到这里的人们尽职尽责地做好工作——最能让我感到满意、愉悦并对学校的未来充满希望。

我记得，这样的例子曾在其中一次毕业典礼上发生过。我认为，一个学年中，毕业典礼比其他任何时候都充满了更多的兴奋与期待，因为那时可以见证一系列的仪式。那一年的毕业典礼仪式结束后，我有时间到饭堂看看，在那里，我发现了一位教师，从她的衣着来看，应该是没有参加仪式的，当我问她为什么没有参加仪式的时候，她说："我本来打算去参加的，但是临出发前我发现这里有些盘子还没洗，所以我就留了下来洗完这些盘子。"

这可算是我见过有关尽职尽责的最好例子，但是能够这样做的人实在很少。而在这里，我们就有这样的教师：他们全身心投入工作中，愿意做这样的事情，这让我对我们学校在未来这些年内的发展充满了信心。

当有知名人士亲临现场、有各路引人注意的人物出现使得有份出席庆典的人皆乐在其中时，一个人需要有良知并且很留心他的责任，才能做到留在后面默默洗盘子。当所有和我们学校有关系的人都能让自己达到这个境界，我就完全不用担心我们学校能否成功了；同时，也只有当所有人都能达到这个境界，我们学校才会成功。

如果我要求你们这些学生分别上台发表演讲或者朗诵一篇文章，我完全不用担心你们会做得不好。我相信，你们会仔细准备好演讲或者文章。

你们会查阅一切所需的参考资料来寻找自己所需的信息，然后你们会来到这里，来一场成功的演讲或者朗诵。我很肯定，我听到的东西不会让我引以为耻，每一个普通人需要站到台前表现的时候，都会表现得很好。我所担心的是，当你们需要去完成一些小任务、履行一些小职责时，你们能否成功做好，因为那都是些你认为别人不会看到你在做的事情。而恐怕恰恰就是你的这种想法——认为没人会看到你洗盘子，没人会看到你清理缝隙里的灰尘——导致你失败。

我还记得前一段时间，我坐着轻马车在新英格兰，从一个村庄前往另一个村庄，当我们在路上走了几英里之后，驾车的年轻人把马停住，并跳了下来；我问他怎么了，他说马具有些问题，于是我认认真真、目不转睛地盯着马具看了一会儿，没有发现任何瑕疵。然而，这个年轻人还是动手修理了一块他认为不够好的马具。在我看来，他口中的所谓瑕疵并不会影响马匹，也不会阻碍他以应有的速度驾着马儿前进，但是，在他修理完毕之后，我就看出确实是变得更好了。这件事情给我上了很好的一课，这让我明白了，新英格兰的人是如何培养对工作的责任感的，**正是因为这种责任感，他们不会把那些哪怕最微小的事情置之不理或者敷衍了事**。就是这种新英格兰性格中的特色，让这个州的名字在这个国家成为“成功”的同义词，难道我们不希望有成千上万个像那个年轻人一样的人在我们这里吗？如果我们这里有上千个这样的年轻人，那么当他们拿到文凭之后，就一定能让他们找到工作。

一个人该学会通过这方面的品格来判断别人。不久之前，我有机会探访这个国家的某监狱。当县治安官带着我参观那些建筑物的时候，让我印象深刻的是，里面的一切都那么干净，我注意到，一个似乎是监狱管理员的人，尽管他自己本身也是个囚犯，但他似乎非常自豪地向我展示了那里的角落有多么干净，那个地方有多么整洁好看。他似乎要把所有的身心都投入维持监狱清洁当中。

当我们走到了管理员听不到的地方时，我问县治安官："那个人是谁？"治安官回答我说："那是个犯人。但我相信他是无辜的。我不相信，一个对自己的工作如此认真、热诚的人会犯下罪行。当我看到他在这里的工作做得有多么好时，尽管他确实被关在这个监狱里，但我相信，他是个正直的人，该拥有自由。"

坦率地说，我们在这里必须要解决的问题不是"你能掌握好代数或者文学吗？"你们也知道自己可以掌握好各门学科；我们在这里必须要以战战兢兢、如履薄冰的态度来解决一个普遍问题：我们能培养出个人责任感吗？能令一群学生中的每个人都培养出这种责任感，以后可以凭此依靠他们吗？能培养出一群女孩，当打扫房间的时候，她们不会只满足于保持让房间中间看得到的地方干净，还会让角落和家私底下满布的灰尘通通消失吗？她们能保证每一件东西都得到恰当的清洁，并且放回恰当的位置吗？我们能培养出一群男孩，当去农场里劳作时，他们能和站在这里演讲时一样投入吗？我们能培养出你们的责任心，好让你们不会只是因为被要求做某事才去做，而是做任何你觉得该做的事吗？这些，才是我们需要在这里解决的问题！

父亲母亲会说什么

我想，对一个人的生活来说，没有什么时候会比他第一次离开家门来得更重要、更关键——无论那是为了上学、工作或者是做生意。我认为，你可以通过一个人离家后头一两年里的表现来准确判断，这个人一生中将能实现多少成就。你会发现，如果一个年轻人在此期间能坚决抵制各种诱惑，把父母教给他的经验运用到实践中，而不是堕落到旁门左道去，这会让他在应用这些经验的过程中收获很多帮助和启发。几乎可以肯定，他必然会让自己成为一个有价值的公民，他不但会成为父母年老之时的帮手，还能为自己的族群做出贡献。

没有什么可以比以下这个问题能更好地测试你的行动了，问问你自己："我的父母对此会怎么想？我所做的事会得到他们的赞成，还是会令我耻于让他们知道呢？"要是你能每天都这样问问自己，我相信，这样做，有助于掌握好自己在学校里的生活。

我希望，你会就自己的行为问自己这个问题，因为那是我们必须非常重视的事情。我们可以把知识灌输到你的脑海中，可以通过培训让你的双手变得灵巧；但是，所有这些培养，假如不能建筑在一个高尚、正直的品格之上，不能建立在一颗真诚的心灵之上，那这一切都是徒劳的，你和那些最无知的人比起来好不了多少。

如今的年轻人，尤其是当他们初次离开家人去上学的时候，最容易误入歧途的就是抵挡不住诱惑，把时间都花在品格低下的狐朋狗友身上——那都是些你肯定耻于让父母知道的正和其为伍的人。你们要避免这种情况！要保证，你身边的年轻人都是些能提升你素质的人，一些能在各个方面使你变得更强壮的人。

我很确定，我没有必要告诉你，和那些会对你产生不利影响的人为伍会有什么后果，或者不理善意警告会有何种后果。一个长期和不良之人为伍的学生，就是个会在几年之后让其父母伤透了心的学生。他会不守规矩、不服从，总是在点名时间迟到，总是要值日生去召唤或者去饭堂、操场上看着他们。事情总是如此，毫无例外。

就在今天，其中一位学生的母亲带着另外一位母亲的口信来到了学校。她告诉我，那位母亲也把儿子送来这里学习，还非常焦虑地交代要让她儿子记住在这里必须服从规矩，希望他能把所有时间都用来努力学习、尽职工作。那位母亲希望她儿子明白并记住，她每天含辛茹苦才得以让他继续在这里学习，并且同时还要抚养家里那些小一点的孩子。现在，当这些口信要传给那个男孩的时候，他在哪里？他是否如他母亲所殷切期待的那样做呢？没有。

他已经让自己蒙羞，并且被开除出校了。当他母亲知道这事的时候，她会多么伤心啊！难怪他会尝试向父母隐瞒他的不当行为和耻辱。

我在此恳求你们，要是想虚度光阴，浪费生命中最宝贵的时光，请你想想，你的父母一旦得知你的种种不良行为，将会受到怎样的打击——那是一切以你为重的父母啊！

我已经谈过了一些我们不希望你们在学校里会做的事情。我们希望你们学会去做的事情又是什么呢？我们希望你们明白并欣赏基督教信仰的实际价值。我们希望，能帮助你们理解这些信仰，理解基督教，明白那不是些虚无缥缈的东西，不是些当生命终止之时才能享受到的东西。我们希望你们能明白，基督教确实是一种真实而有帮助的东西，你可以带着它进入教室、商店、农场甚至你的卧室，而且，你不必等到明天才能发现基督教的力量和用处。

我们希望你们能感觉到，这个宗教是你生活的一部分，这意味着它可以日复一日地帮助你。我们希望你们能感觉到，我们让你们在这里参加的宗教仪式不是一种负担，而是一种荣幸，这些宗教会议值得你们去参加，还有其他各种协会的祈祷会议亦然。在这些会议上，耶稣的精神不是以一种虚无缥缈的方式来传递，而是通过一种谦卑、亲切的方式来传递。我们希望你们能感觉到，宗教是一样可以令你更快乐、更明智也更有才能的东西，而不是一种让你貌似庄重把脸拉长的东西。要是你们原来不知道，我们还希望你们现在能弄明白，要成为一个有基督精神的人，不必首先成为一个拥有超自然本领的人。

然后我们还希望你们学会管好自己的行为，不仅是为着那些最终会影响到你自己也影响到你身边亲密之人的结果，还为着你将给所有认识的人所产生的影响。如果在你同学的身上以及那些每日与你有接触的人身上，没法学习到那些更高级、更宽泛也更加重要的东西，那么你在这里的时光大部分都浪费掉了，其实我更想说：全部都浪费掉了。

要是当你离开这里的时候，还没弄清楚，所有该学的东西中最最重要的就是要学会博爱、施展才华、与人为善，那你的生命就浪费掉了。我希望看到，在这里的年轻人都能把这种精神广泛付诸实践，能在教堂里起身，把座位让给那些陌生的学生。我希望你们能做到去找食堂的负责人，并请他让那些尚未习惯在食堂就餐的新学生坐在你的旁边。

已故的阿姆斯特朗将军[①]身上有许多崇高的品质，其中令我印象最深刻的就是他的极度无私。我认为，从我与阿姆斯特朗将军的交往中，从来没有看到他的生命中有任何事情或者任何行动是自私的，哪怕是最轻微的一点点私心也没有。他不但关心黑人聚居的南方，也关心白人聚居的南方；

① 阿姆斯特朗将军（General Armstrong，全名：Samuel Chapman Armstrong，1839—1893），美国内战中联邦军的将军、教育家。因战后创办第一所美国师范大学，并出任第一任校长——汉普顿大学校长而闻名。

他不但关心他自己的学校，也关心其他所有的学校。任何事情，只要能对其他学院有所助益，无论是做些什么还是说些什么，他似乎都会非常乐意去做，就好像那些行动或者言语都是贡献给他自己的汉普顿学院（Hampton Institute）一样。我曾有机会体验这种乐于助人的精神，那令我很高兴。不久之前，我正在宾夕法尼亚州参观某神学院，并在那里逗留了两天。我认为，在那之前，我从未感受过类似的感人气氛。我的身边围绕着一群年轻人，他们唯一的目的似乎就是要让我感到舒适愉快。这些年轻人大部分都接受过神学和学术方面的高等教育，但是他们并不以为我服务为耻，甚至到了愿意为我擦鞋的地步，当我要离开的时候，好几个人要为我提行李去车站。这样的体贴入微，就是我希望能在我们学院的每一个角落看到的。上帝鼓励乐于助人的精神！去寻找每一个可能的机会让别人舒适愉快吧！只要大家都这么做，不用很多年，我们就能拥有一所世界上最好的学院。而你自己，通过协助实现这个目标，也等于在做一些事情，**让你在回答“我的父母亲会怎么看我所做的事情呢”这个问题时，能给出一个自豪而令人满意的答复。**

经验教训

不久之前，住在这个州的一位老黑人对我说：“我把过去都抛下了，我重获自由了。”

这番话意味着：在正确的指引下，这位老人通过20年的努力工作和省吃俭用，在挣扎了一番后，终于在经济上获得了自由，挣脱了债务的束缚，买下了一块50亩的土地，建起了一座舒适的房子，并且还能纳税。这意味着他的两个儿子能够在学术或者农业学院里接受教育，他的女儿能够接受缝纫和烹饪方面的指导培训。尽管这样说会有某些局限性，可这就是一个美国基督徒的家，这是他的勤奋与仁慈的结果。这位黑人获得了自力更生的机会，这是美国所有黑人都希望得到的机会，这是你们在这所学校学习时所盼望得到的机会。

至于这位老人的后代可以在我们州的文学、商业方面取得怎样的成就，那就取决于未来我们这个种族的能力了。

你以后能取得怎样的成就只能取决于你未来的能力。在奴隶时代，我们被排除在竞争之外。今天，除非我们让自己具备在世界上与人竞争的能力，否则，我们整个种族将会遭遇挫折。

假如我走进这个国家的某些社区里说“德国人很无知”，肯定会有人跳出来把社区里工资报酬最高的蔬菜农场指给我看，并说那就是由德国人拥有并经营的；假如我说“德国人一无所长”，那肯定会有人领我去看看市里最大的一家机械修理店，就是由德国人拥有并经营的；假如我说“德国人非常懒惰”，肯定会有人跳出来让我看看那条最时髦的大街上最大也最精美的建筑，那就是属于一个白手起家的德国人的；假如我说“德国人不可信”，一定会有人向我介绍一位德国人，而这位德国人是市里最大的一家银行的总裁；假如我说“德国人没有尽到公民的责任”，一定会有人要我认识一位受人尊敬、颇有影响力并且在政府任职的德国人。

而现在，要是有人说黑人很懒惰，我希望你们也能带他们看看在社区里经营得最好的黑人农场。当他们质疑黑人是否够诚实时，我希望你让他们认识一位能开出5000美元支票并得到银行认可的黑人；当他们说黑人不够勤俭节约的时候，我希望你们能让他们了解一位在银行有5万美元存款的黑人；当他们说黑人没有尽到公民的责任时，我希望你们能让他们见到我们某位经营着棉花厂并为此而纳税的同胞。我希望，你们能够让这些人认识那些在州内事务、在宗教信仰、教育、机械行业、商业、家政等方面走在前列的黑人。记住那句古老的箴言："我们要通过这种迹象来克服一切（By this sign we shall conquer.）。"让这成为我们的座右铭吧。

在北方，有些人在过去10年、20年甚至30年里，一直都在资助南方黑人的教育，正是他们的资助在一定程度上成就了我们学校。实事求是地说，这些提供了资助的人有权利知道，他们提供的资助得出了怎样的结果。那么，我们可以拿什么向他们证明，他们在这些方面提供的资助是有回报的呢？你们作为塔斯克基学院的学生，在很大的程度上，有责任去回答这个问题并让人们得到满意的答案。

在过去30年里，我们主要依靠这些来自北方赠予南方的资助而发展到了一定阶段，这段时期，南方人很少会反对让黑人接受某些形式的教育。你们离开之后，可以在南方任何一个郡里建立一所学校，因为无论在哪里，都会有白人反对你这么做。更重要的是，很多时候，你还会得到鼓励，甚至是衷心的同情以及支持。不久之前，我收到一位住在密西西比州的白人寄来的50美元，他是为了资助一位黑人男孩的教育。这位白人此前曾是一位黑人奴隶主，开始的时候，他并不鼓励黑人接受教育，但是他在信里很诚恳地对我说，现在他相信，我们塔斯克基学院以及其他类似学院所做的一切正是黑人所需要的。他说，他希望让北方人知道，南方的白人和他们一样关心黑人的教育。我还记得另外一件事，一位来自阿拉巴马州的白人在去年自掏腰包，拿出整整2000美元为他所在郡的一所黑人学校捐建了校舍，还为学校的维护提供资助。

还有另外一位来自南方的白人——阿拉巴马州伯明翰市的贝尔顿·吉尔里斯（Belton Gilreath）先生，最近给我们学院寄来500美元的支票。到目前为止，那是我们学校所收过的最大一笔来自南方白人的资助，同时还附有一封信：

作为一个南方人，也是南方其中一位最大的奴隶主的儿子，我非常希望我们的人能尽其所能满足人们的期待，去帮助黑人接受教育，从而让黑人成为更快乐也更有贡献的公民和朋友。

还有，我认为，对南方来说，是时候让所有人都要比以前更为全面地考虑一下整个南方所有人口的教育问题了。同时，在任何行得通的地方，学校里要着力推行有关储蓄的教育。

更近一点的是来自亚特兰大的H.M.阿特金森（Atkinson）先生，他是整个南方最成功的商人之一。最近他到我们塔斯克基学院仔细地检查了我们的工作，在他回亚特兰大之后，我收到了他的一封信，我把信里其中一段读给你们听听：“内附一张1000美元的支票用以资助你的学校，具体用途由你决定。我所看到的一切让我印象深刻，我不会忘记这一切。”

这些白人逐渐明白，一个受过教育的黑人和一个未受过教育的黑人的价值是大有不同的。而现在，需要你们来向他们展示这种价值，年复一年让人们越发清晰地看到这种价值。

本质与影子

你们来到这里是为了接受教育。现在，教育的其中一个结果是增加人们的欲望。以一个住在某农场的普通人为例，只要他对外部的世界知之甚少，那他就会一直满足于住在一座只有一个房间的小屋里；只要在屋里他有煮饭用的长柄锅，有个床架或者勉强称得上桌子的家具，有几把椅子或者炉子，就够了；要是他的饭桌上有肥肉、玉米面包、豌豆，就很高兴了；至于衣着，有牛仔裤和粗布衣服就可以了，能让他的太太穿上一条棉布裙、戴上一顶价值25美分的帽子，他就很满意了。

但是，一旦此人受过教育，他就会觉得，他该拥有一幢有两三个房间的屋子，里面还应该摆放很多整洁的家具。至于衣着，他不想要牛仔裤和粗布衫了，他想要更体面点的羊毛衫、更整洁合脚的鞋子，还要有雪白的衣领和领带——那都是些在他受教育之前他从未想过要穿着的东西。有时，他甚至会想，他该有些珠宝。

所以你明白了吧，教育的其中一个结果就是会刺激人们的欲望。好了，现在的问题就在于，对这个人来说，他所受的教育有没有提升他的能力，让他能满足自己的欲望——这样的能力，可是工业教育的其中一个成果。通过这些教育，才能在欲望不断提升的时候，同时也能习得某些技能来提升自己的能力，满足自己的这些欲望。否则，要是没有那样的能力来满足自己的欲望，你迟早会发现，我们不是在前进，而是在后退。

对我们来说，尤其是对那些只接受过“半桶水”教育的人来说，诱惑就在于他企图抓紧某种浅薄的文化，而不是抓紧那些内涵充实的文化——那些真正的教育，是能带来财富和物质上繁荣的教育。

你们学过历史的都该知道，开国先贤们都是些清教徒，于1620年那个凄冷的冬天在普利茅斯岩（Plymouth Rock）登陆，他们平时都愿意穿那些自家织制的衣服，有必要的话，还乐意穿着那些衣服结婚。我估计，那时一个婚礼的花费不超过4美元。再来看看现在，当我们其中一个男孩想结婚的时候，他的婚礼花费肯定不低于150美元。他妻子的婚纱上必须要有个长长的拖裙，他则必须要有一件阿尔伯特王子牌（Prince Albert）绒面大衣——无论是租来的还是通过分期付款买的。年轻的夫妻认为他们还必须要有一群女傧相，一队马车停在教堂门外，而这就让他们至少花掉25美元。然后，婚礼仪式之后，他们会住在哪里呢？很多时候，那些倾其所有办了这样一个婚礼仪式的人，很可能会和妻子一起住在一座租来的小房子里，那里只有两个房间甚至一个房间。

这就是我上面所说的，还没有能力赚钱，就先学会了花钱的浅薄文化；抓住了影子，却没有抓住事物本身。现在，我们在这里要做的就是：培养一批年轻人，当他们毕业之后，到各个有这种坏习惯的族群中去，通过他们的努力来树立榜样，让人们知道，花4美元来结婚再把钱省下来用在生活上，要比花150美元来结婚，然后每个月只有4美元的生活费而且只能住在租来的小屋里要好得多。当我到纽约或者其他大城市时，没有什么会比我在上面提及的这类人更让我感到难受的了。他们追求的就是那种浅薄的文化，追求那些影子，而不是那些实实在在的教育和物质。要是你在北方那些城市任何一条时髦的大街上站上一会儿，就会看到那些打扮入时的人，头上戴着售价5美元的帽子，但其实价值最多不过50美分。这些人所受的教育不过是让他们想得到一切他们看到的东西，却没有令他们有能力满足自己的欲望。想要得到满足，他们就只能用些非常手段。

一种肤浅的教育，让我们不但沉迷于衣着外表的炫耀，还会沉迷于其他东西。其中一种情况，就是沉迷于用头衔来卖弄自己。我还记得，有一次，有人给我介绍了一家大约有60个员工的公司，而在那么多人里面，只有6个人没有“博士”“教授”“上校”之类的头衔或者完全没有头衔。我不得不说，那6位才是质朴的绅士，倒不认为其余那些是绅士，因为在那些“博士”和“教授”当中，有些看上去非常粗鲁。过分期待这些东西只会显露出我们有多么肤浅，变得可笑，我们要停止此类错误。如果你只是个普通男子，那就鼓励人们叫你“先生”；如果你是个牧师，会给人们做些有趣的且有指导意义的布道，那人们会对你所说的话留下深刻印象，而不是对你的头衔留下印象。头衔只是你的影子，你所说的才是重要的本质。

当一个人保持质朴简单，他就坚强有力；不但人们会尊敬他，他也会取得更多的成就。我曾参加过一场纪念会，是为了纪念一位先生，这位先生不但为他的种族而且为与他有关的学校做了大量有益的工作。在长达大约2小时的演讲过后，有人上台发言，应该在现场做一场募捐，把钱捐给这位先生生前曾努力帮助过的学校，以表达所有到场人士对这位先生所做贡献的感激之情。一轮精彩的演说过后，募集到了6美元65美分。然后问题又来了：大家要怎么处理这些钱好把它们捐献给那所学校呢？

那次会议通过的一系列决议宣示了那位先生的高尚品格和他的工作价值。

有人建议，把这些决议正式写出来并送给学校，这是个好想法，人们都很喜欢。但在咨询过后，人们发现，要做这事需要花费6美元。于是人们投票通过决定要做这事，并且最终做成了——尽管这些决议本可以用打字机工整地打出来，而花费就只用25美分。这个会议还是支付了那6美元，并且把这个正式的版本送到学校那里去了，一起送去的还有剩下的65美分，用于资助学校。在我看来，这又是一个只抓影子不抓本质的例子，决议的正式版本就是那个影子，那65美分才是最终能剩下来的实质。

在所有这些事情上，我们需要迅速而实际的改革。我们希望，当你们进入社会时，你们能用自己的影响力来保证这一切改革终能发生。**在这个世界上，有太多的人终其一生都是抓住影子而不是抓住本质——他们抓住的只是赝品，而不是真正有价值的东西。**我们希望，你们通过言辞和行动来教会人们过上一种质朴、正确、诚实的生活。

穿着打扮的哲学

通过一个人的衣着，我们可以推测出许多与他品格有关的东西，这是挺令人惊讶的事情。我们无法通过一个人的衣着来判断他是无知的还是有教养的，这种情况是很少见的。而今晚，我就要跟你们谈谈有关衣着的一些小事，尽管很难说清楚该有些怎样的穿衣规则，但我认为，总有一些明确清晰的原则，是所有教养良好的人都会遵守的。

我们都会同意，我们的衣着应该是干净的。人们不应以任何借口来穿一些邋遢的衣服——我相信所有人都同意这一点。对一位男士来说，穿着破布似的衣服外出，或者一些地方本来应该钉上纽扣的却用别针扣住的衣服外出，实在是一件很可耻的事情；对一位女士来说，围着一条油渍斑斑的围裙外出，衣服上扣满别针，那也同样是可耻的。我们的衣服应该保持干净整齐，至少在这一点上，我认为我们不会有所分歧。

但是，会有些人犯这样一个错误，把全部精力都放到衣着上。你会发现，从一周的开始，他们就会花很大一部分的精力来计划下一个星期他们该穿些什么。有些人会宁愿一周穿得破破烂烂，只为了能有一些衣服可以留着在星期天穿出来炫耀。我认为，我们确实应该尊重星期天，在我们有能力的情况下，穿上一些和平时有所不同的衣服——尽管能否做到很大程度上取决于我们的生活状况——即使那样，在星期天穿上最艳丽的衣服也肯定是不适合的。

人们该根据自己的经济状况来穿衣。但有一些人，不但把所有精力都花在穿什么衣服上，而且把自己所有的钱都花在了他们的衣服上。

有些人似乎是为了衣着而活的，通常这些人会被称作“花花公子”。我认为，北方城市里的人们在这方面表现得尤其差劲。你去纽约的第六大道看看，或者去波士顿的剑桥街看看，就会看到很多此类“花花公子”，一个月可能才赚20美元，可是站在街角上却戴着小山羊皮白手套，叼着雪茄，戴着一顶高高的帽子。

这样的人实在是一些无比愚蠢的傻瓜，而我们可不希望这种人出现在我们学校里。没有人会比那些把自己赚的所有钱甚至更多的钱都花在衣着上的人更愚蠢。

然后，我发现还有一些人会沉迷于装饰物中——我们把那些东西叫作“珠宝”。你会见到有些人，他一个月的收入还不到20美元，却戴着一条大大的黄铜表链，那里面黄铜多得让人几乎可以闻出黄铜的味道了；你还可以看到有一些男女，戴着三四个黄铜戒指，或者有些女士会戴着黄铜耳环。你们可知道，在这个国家，我们的同胞最常犯的一大错误就是把自己的钱浪费在廉价的珠宝上？你们可知道，他们会去镇上的商店，把钱花在一些价值只有10美分的“珠宝”上？那些珠宝要是批发的话，只需六七美元就可以买到一大堆了！而我们的同胞，每年却要在这些如此廉价的“珠宝”上花费数千美元。要是这里有年轻人喜欢珠宝并且打算沉湎于其中，那我希望你们能确保自己所买的都是值钱的珠宝。

我们的人在衣着上会犯的另外一个错误，就是穿得太浮华俗艳——穿着那些花哨地缀满红丝带的衣服。其实我们的衣着应该朴素点，少些颜色。

我们还会经常犯这样的错误，硬是穿上足足小了两个码的鞋子。今天早上我看到一个女孩非常痛苦，原因只是她买了一双小两个码的鞋子并尝试穿上这双鞋子。这样的人无非是在折磨自己的脚，只为了让人们相信他们的脚很小；其实，有一双大脚和有一双小脚同样值得自豪，这没有什么分别。还有一个错误就是我们会买一些低廉俗艳的鞋子，仅仅是因为它们看上去亮闪闪的。这样的鞋子造出来不是为了让人舒适，不是为了耐穿，纯粹是为了吸引注意力。当你花钱去买鞋，记住了，你要买一些质量很好、耐穿的鞋。不要买那些毫无价值的东西，那些一接触到水就会起皱的鞋子都是用很低廉的材料做的。还有，一个折磨自己双脚只是为了让它们看起来更小巧的女孩，是不会赢得男士们尊重的。

然后，还有一件事。我们有些同胞认为，我们可以“改善”肤色，有些人会用面粉，而其他一些人则会用某些被称作“脸粉”的混合物来达到这个目的。其实这些东西毫无用处。用这些方式来折磨自己的女士是不会赢得人们尊重的！只有充实自己的头脑，你们才会发现，此类衣着的事情自然会随之有所变化调整。尽管你们有些人并没有穿着更好的衣饰，但是，如果你能够恰当地重视你脑袋中的内容，你会发现，那些衣着问题根本不会烦扰到你。你可以在教育得到保证之后再去弄衣服裙子，但现在，这是你唯一确保可以接受教育的机会！

老歌的力量

在参加礼拜时，没有什么比你们唱出来的那些优美的黑人诗歌更能让我感觉愉悦。我相信，在做礼拜时，没有什么比唱诗更能触及灵魂，更有教育意义。以后当你离开这所学校的时候，不论去哪里，我希望你们永远都不要忘记去唱颂这些诗歌。要是以后你也有了一所自己的学校，那就让学生像你当年在这里所做的那样，去唱这些诗歌，并且教会他们欣赏这些歌曲的美丽。不久之前，我在纽约的时候，有幸与普鲁士的亨利王子交谈。他就特别提到了这些诗歌的美丽，并且说，在他的故乡德国，他和家人经常都会唱颂这些诗歌。他问我，有没有这些诗歌的印刷版本可以送给他。之后，我送给他一本有关种植园诗歌的书，那是由汉普顿学院主导采编和发行的。

当救世主降临大地，他曾说："小孩子要牵引他们。（A little child shall lead them.）"那么，这种领导中至高无上的力量又是从何而来的呢？在这样一个时代，当我们听过太多有关人类的领袖、成功领导的故事，我们很有必要停下来听听救世主的警告。有些人据说是商业领袖，其他的则是教育领袖，还有一些是政治或者宗教领袖，那么，这句"小孩子要牵引他们"又作何解释呢？解释就是，一个小小的孩子，无论在什么情况下，都维持着其简单、纯洁、美好的本质：从不在其弱小时想要显得庞大，从不在其无知时想要显得渊博，从不在其贫困时想要显得富裕，从不在其卑微时想要看似显赫。简言之，一个小孩子的生活是建立在那伟大恒久而又简单、温柔、精妙的自然法则之上的，从不伪装，永不模仿。

只是自发地、优美而强有力地坚持拥抱事实，而正是这种在小孩或者在成人身上、在犹太人或者外邦人身上、在基督教徒或者伊斯兰教徒身上、在远古社会或是现代世界、在黑人或者白人身上的超凡品质，带领着人们并塑造了人们的活动。那些足够勇敢、足够睿智、足够简单、也足够忘我而能够让自己立足于事实之基石上的人，最终会将世人吸引到他们的身边，就如耶稣基督所说的："要吸引万人来归我（I will draw all men unto me）"。路德[①]就是这样的人，卫斯理[②]就是这样的人，卡莱尔[③]就是这样的人，克伦威尔[④]就是这样的人，加里森[⑤]，还有亚伯拉罕·林肯就是这样的人，我们的弗雷德里克·道格拉斯[⑥]也是这样的人。

所有伟大灵魂的目标，都是要让人们和民族回归儿时的质朴、纯真，重归现实。

那么，又有什么原创的东西可以归功于黑人一族呢？对

---

①马丁·路德（Martin Luther，1483—1546），新教宗派改革的发起人。

②约翰·卫斯理（John Wesley，1703—1791），18世纪的一位英国国教神职人员和基督教神学家，为卫理宗（Methodism）的创始人。

③托马斯·卡莱尔（Thomas Carlyle，1795—1881），英格兰评论家、讽刺作家、历史学家、他的作品在维多利亚时代甚具影响力。

④奥利弗·克伦威尔（Oliver Cromwell，1599—1658），英国政治家、军事家、宗教领袖。英国清教徒革命的首脑人物，议会军的指挥官。从1653年开始掌权并进行独裁统治。

⑤威廉·劳埃德·加里森（William Lloyd Garrison，1805—1879），美国杰出的废奴运动家、记者和社会改革家。因创办废奴报纸《解放者》而闻名，同时是"美国反奴协会"的创始人之一。

⑥弗雷德里克·道格拉斯（Frederick Douglass，1818—1895），第一位在美国政府担任美国外交使节的黑人。他主张废奴，是废奴运动的领袖之一。毕生为黑人争取权益。

了，我补充一句，那又有什么可以归功于美国的呢？我会毫不犹豫地回答：就是那些优美的、精巧甜美得不可思议的旋律，它们都表达了我们束缚于奴隶制下先祖们的痛苦、喜悦、希望、负担、信仰以及考验——以一种简单犹如孩童呢喃的方式表达出来。

为何它们值得世人赞美呢？为何种种改进都只会是在糟蹋它们呢？为何它们总能触动人们最软弱的一面，让富人和贫民、国王和辛劳的苦役都流下眼泪呢？

听听这些优美的诗歌，感受一下那些受到困扰的灵魂，是如何学会不向人造的寺院求助而是去接近大自然的吧！

若你想见主耶稣基督

到荒野去吧

到荒野去吧

到荒野去吧

到荒野去吧

若你想见主耶稣基督

到荒野去吧

靠着主耶稣基督

噢，我的兄弟你感觉如何？当你走出荒野

走出荒野

走出荒野

噢，我的兄弟你感觉如何？当你走出荒野

见到主耶稣基督了吗？

还有一首歌，听听我们的先祖们是如何抵制财富的诱惑和欺骗，在贫困的日子里表达他们对这个地方的信念的——在他们看来，这里的每一天都是平静的。

噢，得信教乃我幸运

我真的诚心相信

噢，得信教乃我幸运

我真的诚心相信

噢，得信教乃我幸运

我真的诚心相信

安息日从无终结

你在哪里，可怜的忏悔者，如此长久以来你在哪里

“我处山谷里，要为祈祷去；我的祈祷尚未完。”

然后，就是在遭受了经年的奴役——在别人看来没有尽头的奴役——之后，我们可以听听他们是如何爆发出那种奇异而狂野的慨叹的。

我主救了达尼尔（Daniel）

我主救了达尼尔

我主救了达尼尔

为何他不救我？

“我路遇一位朝圣者，我问他要去哪里”

“我要去迦南之地极乐净土”

“而这就是我那在呼喊的人民！继续！”

主从狮子穴中救出达尼尔

主从鲸鱼腹中救出约拿（Jonah）

主从熊熊炉火中救出希伯来的孩童

却为何主不救人？

又或者，当一切负担看起来无法承受的时候，会有这样一种简单、犹如孩童呢喃的祈祷：

噢！主。噢！我的主！噢！我仁慈的主。
不要让我下坠
噢！主。噢！我的主！噢！我仁慈的主。
不要让我下坠
我将告诉你我要做什么
不要让我下坠
不要让我下坠。

还有什么会比那令人悲悯却又充满希望与信任的诗歌更能直接打动人们的真实内心呢？那诗歌来自一个小奴隶的呼喊，他被从母亲身边带走，卖到遥远的南方，当看起来世上的一切快乐都将离他而去时，他却唱道：

我将要去见一群出色的人

我将要去见一群出色的人

我将要去见一群出色的人

那样我小小的灵魂也可以发光、发光

那样我小小的灵魂也可以独自发光，噢！

我将要爬上软梯

那样我小小的灵魂也将发光、发光

那样我小小的灵魂也可以独自发光，噢！

我将越爬越高

那样我小小的灵魂也将发光

我将坐在迎宾台的旁边

我将啜饮牛奶蜂蜜

我将告诉主你如何搭救了我

那样我小小的灵魂也将发光、发光

那样我小小的灵魂也可以独自发光，噢！

事情就曾这样发生，也将会这样发生。在这个世界上，无论何种种族、肤色或者处境，人们皆赞赏真实的东西。而欺诈、轻浮滑稽、纯粹模仿、表面功夫这些东西，以前不会带来成功，将来也肯定不会带来成功。

一个足够坚强、足够睿智的个人或者民族，是会蔑视一切替代品、习惯、偏见、诱惑、欺骗和模仿的，是能抛弃一切不真实的东西，让自己深深立足于自然泥土之中的，这样的个人或者民族才能努力攀登、力争上游、大放光彩。而在这样的过程中，他们可以获得力量，赢取尊敬和认同。一个人或者民族如果不能做到那样，却总是带着种族偏见、愚蠢的风俗以及压迫而存活，则只能永远蒙羞。

脚踏实地

每一个从塔斯克基学院毕业的人所该怀揣的最高抱负之一，就是要帮助他的同胞找到立足之地，也就是打下坚实牢固的基础，然后帮助他们在那样的基础上自立起来。要是所有关心这所学校的人都能帮助你们做到这点，我们就感到非常满足了，而在我们能够打下生活的基础并立足于上之前，一切都只是不堪一擦的泥灰，只是假象，只是一间没有支架的房子里那墙上的纸顶。

我们的黑人同胞中有85%的人正在依靠或者尝试依靠农业来过活。

如果我们要拯救整个种族并提升其地位，那在未来50年里，我们会有很大的机会，让个人、组织、宗教和世俗的努力在很大程度上围绕着这个中心展开。我们首先必须自立，而不是立足于依靠别人的供给而建立的基础上。我们必须立足于自己的文明开始成长，而不是立足于别人的文明。要举例说明我的意思，我们无须看别的种族，也不用离家很远。就在阿拉巴马州那里有个小镇，镇上有一位健硕而勤劳的黑人，在差不多近20年里，他都是靠耕作租来的田地过活，他租用骡子和马匹耕作那片土地，并且抵押了他种出来的农作物换来食物和衣服。每逢周日前往教堂，他都驾着一辆不属于他的马车，穿着一身光鲜但都不是买来的衣服。从外表看来，他似乎已经致富了，似乎成了和他身边白人差不多的人。

但是这位黑人知道，他正尝试立足于一块并不那么完美的基石上。因此，十多年前的某天，他下定决心，从今以后，他只做自己——他要自立于自己打造的基石上。他告诉白人，让他们来取回骡子、货车和马车；他也放弃了那片租来的土地，决心做个完整的人。他找了几亩田地，夜里就睡在棉花田里，还雇了一个男孩夜晚来他的田地工作，在有月光的晚上，他会拉着犁去耕地，而那个男孩就帮他把着方向。凭着这样做，他的棉花产量已足以抵债了。靠通过生产得出来为数不多的富余棉花，他买了一头牛；靠着这头牛，他的第二次收割产量也足以抵债了；然后他又买了一头骡子，不久又买了另外一头骡子。到今天，这位黑人已经拥有了一所舒适的房子，是他所在县份的银行的股东，而他签发的商业票据得到了这里每一个商家的认可。当其他人还在谈论或争论着那些通过死记硬背学来的二手经验和教条时，这位大自然的强壮之子已经发现了他自己，并且解决了他的问题。

我也许还要告诉你们，有关我们另外一位同胞的故事。他的成功是从一棵树的树洞里开始的，那就是他的家，没有家具，也没有床铺，但是那棵树就是他立足的地方，因为那棵树以及树下的土地都是属于他自己的。在一棵空心的树内开始你们的生活，做个完整的人，总要好于从一座租来的房子开始，做个纯粹的“工具”，仅仅是看上去像个人。要是你到这个国家的西部去，会发现那里到处都是些拥有深厚的文化底蕴、造诣渊博且身家丰厚的人，而他们前几辈的祖先却是在地下的洞穴里、草棚里，或者是某个山洞里开始他们的生活的。年轻的人们啊！这都是无可避免的，如果我们要成为伟大、优秀、有用的人，就必须付出代价。记住了，当我们俯身膜拜真理的基本原则，自然不会因为肤色而有所偏向。

当我这样说的时候，不是想令你们感到震惊，我真的希望看到，在未来的50年里，每一位黑人牧师、教师，都拥有全面的农业理论和实践知识，并且与其所接受的神学和学术培训联系起来，因为他们的工作，主要都是在大城市之外展开的。我认为，之所以要这样，是因为我们当中仍有大量的农业人口，而且我也希望我们能保持这样，历史上几乎每一个种族都是以这个作为基础开始发展的。通过廉价的土地、良好的气候和肥沃的土壤，我们就可以为成为一个伟大、强大的种族打下基础。我们所要面对的问题就是：我们能利用好这样的机会吗？

在最近几期的《纽约独立报》（New York Independent）中，拥有3000名信众的费城浸信圣殿教会（Temple Baptist Church）的牧师拉塞尔·赫尔曼·康威尔①先生对麻省一个乡村小教堂的牧师说了一些话。

对总是不断重复出现的如何支付教堂费用的问题，那位

---

①拉塞尔·赫尔曼·康威尔（Russell Herman Conwell，1843—1925），美国著名浸信会牧师、演讲家、慈善家、律师和作家，他是位于宾夕法尼亚费城的坦布尔大学的创始人和第一任校长。因震撼世界的一篇演讲——《钻石宝地》而闻名。

乡村教堂的牧师感到很困惑，因此请求康威尔先生给出建议。康威尔先生说：“我建议他学习农业化学、乳业经营以及家政学。我是严肃地给出这个建议的，而他也认真地看待我的建议，他真的去学习了，而且学得非常认真。到了周日，当他第一次做实用布道时，就是适当地引用了《圣经》的典故来讲述如何科学施肥，这得益于对他大有帮助的学习。他当时只有17个听众，然而，这些听众都听得兴致勃勃。此后，他们和那些没有听牧师讲道的朋友谈论起这次意义非凡的转变。结果就是，此后5个周日里，教堂里都挤满了前来听道的人，因为他们发现，原来，天堂离大地并不是那么遥远。”

以我们种族目前的状况来看，要是在南方广大的农业地区，每一家教堂都能在星期天有两次关于宗教的布道、一次关于如何科学耕种、关于拥有土地有多重要、关于建立自己的舒适家园有多重要等主题的课程或者演讲，那将给我们带来多大的裨益啊！

我相信，要是我们推行这样的做法，取代现在常见到的那些衣着破旧、食不果腹、夜不能寐、拿着每年100到300美元工资的牧师，我们很快就会拥有一些能自给自足的社群和教堂。如此一来，数以百计生活困苦的牧师也将获得与其专业所应有的尊严相对应的支持。不但如此，这样做还可以令牧师们欣赏劳动的高贵并热爱劳动，让他们的房子、花园、农场，成为追随者们长期的学习对象，同时，也成为他们获得人们支持的源泉，这些支持能让他们在很大程度上自给自足。

我所认识的其中一个最成功也最受人敬重的牧师，就拥有并耕种50亩土地。这块土地带来的收入足以满足他每年的生活所需。而这位牧师开出的票据或者支票，银行也乐意接受。就是因为他能自给自足，所以他是带领着他们的人，而不是迎合他们的想法。有人可能会说，我所恳求实践的东西，基本上可以说没有其他人做过。其实，早年人们初到新英格兰时做过这样的事情，而且那里的牧师把这传统保留了下来，直到这个国家的人们足够富庶，可以去适当地支持他们的牧师为止。此外，要是一个民族或者一个人，只懂得跟随其他人的步伐，那这个世界几乎不可能进步。让我们都记住，我们现在所要面对、解决的问题，是其他任何种族都不曾面对过的。

今晚我和你们谈的是农业生活，但和农业生活一样该受到重视的还有城市里的各种工作。要是我们的种族能在生产木材、金属时，在建造房屋工厂时，在制作和驱动机械时都能遥遥领先，那我们就能培养公众的思想，就可以控制政府，就可以在商业、科学、艺术以及各个专业领域领先。

我们应该让所有的学校都培养出更少的要找工作的人，培养出更多的要雇请工人的人。任何人都可以去找工作，但一个人需要一些很罕见的能力才能成为创造职位的人。

在你们某些人看来，上面所说的似乎忽略了一个种族在道德、伦理、宗教、政治才能方面的发展。对于这个质疑，我的回答是这样的：正是因为一棵树深深植根于大自然中，接触了泥土、岩石、沙粒和水，它才有优雅的枝干、漂亮的叶子、芳香的花朵，虽然它并没有直接展现出任何与真理、美丽、神圣有关的东西。可是，你不可能把一棵树种在空气中还能让它活下来。不信你试试！不论我们如何赞美它的均衡比例，如何欣赏它的美丽，**除非它的根茎能接触到自然并且立足于自然，否则它就要枯死。对一棵树来说如此，对一个种族来说也是如此。**

“积谷防饥”

你们当中的很大一部分人会因为这样那样的原因，在这个学年后就不会再回到我们学校了。有鉴于此，今晚，我想让你们记住一些重要的思想，希望你们带着这些思想进入现实世界，无论你是毕业离开这里，还是未毕业就要离开这里。

我常常会跟你们提到学会有效利用与节省时间，提到努力用好你们生命中的每一分钟每一小时。我还会常常和你们提到，我们这个种族中的很大一部分人因这样那样的原因背上了那些糟糕的名声，而这都是因为他们没有能力利用好时间或者没有办法弄懂信守诺言、负起责任的价值何在。

你们也知道，无论公正与否，这样一种看法很流行：我们作为一个种族，不够可靠，不能信守诺言；要是请我们去一个磨坊或者一家工厂里工作，我们会一直工作到能有三四美元的工资可以领，然后我们就会去旅行了，或者我们回到镇里，不再回来工作了，直到我们把所赚的钱都花完为止。

就是因为这样，我们当中的很大一部分人会背上这样的名声：不能依靠我们来提供忠诚、有序、高效的服务。这对我们整个种族都造成了伤害。无论你们去哪里，我们希望你们通过自己的行动、建议、影响力来质问、反驳、抵消这样有害的说法。你们可以通过让自己成为最受人敬仰的榜样来实现这个目标。

那些成功人士，很大一部分都是学会了按我们所说的方法利用好时间的人，他们不但学会了节省时间，而且学会了节省金钱。

在你们看来，我今晚如此强调节省金钱似乎是一种非常物质主义的思想；但是，对我们这个种族来说，这至关重要。最近，我好几次听到有人这样说：黑人已经变得太崇拜物质了、太工业化了；说是黑人把太多的精力放到了生活的物质方面，而在我看来，我不觉得我们需要为此而有什么恐惧或担心。我实在无法明白，一个连一条铁路、一条电车线路都没有的种族，一个在大城市里连一家银行、一座房子都几乎没有的种族，如何会面临变得太过崇拜物质的危险呢？我实在没法明白。当你在银行有数百万美元的时候，当你在铁路上、电车线路上投资了数百万美元的时候，当你控制着大工厂、大种植园或者其他南方大型工业组织的时候，我也许就能说，有迹象表明，你变得越来越物质化了，你变得太过富裕了。可目前，我没有看到任何此类的迹象，我认为，直到我们看到此类迹象之前，我们都可以安下心来，不用担心此类危险出现。

但是，我认为，仍有一部分金钱所带来的影响，我们还没有对其给予足够的重视。首先，手里拿着钱，掌握一门资质，我们能拥有一定的影响力，而这是无法通过其他方式来获得的。

要想达到精神的最高境界，实现生活中的最高成就，肯定先要拥有一定的物质基础。首先，手里有钱并且把钱存下来，这样能保证我们拥有一所舒适的房子，可以定居下来。没有人可以在自己能够住进一所得体、舒适的房子之前，就把工作做到最好，为他自己以及同胞提供最好的服务。不管你是否住在里面，在能拥有这样一所房子之前，是未能为生活做好准备的。即使你把你拥有的这样一所房子租出去，相比之下，你也是个更为完整的人。我经常听人说，他们不会拥有一所房子或者物业，因为他们不打算在这个或那个地方住很长时间。我认识这样的人，6年之内搬了6个地方，他们一直都没拥有一所房子，仅仅是因为他们习惯了给出很多借口，而不是努力去尝试拥有一所房子。

拥有一所得体的房子，能保证我们获得一定的舒适。在没法享受一定的舒适以及没法获得一些富含营养、烹饪得当的优质食物的时候，是没有人能做好工作的，人们也没有灵感去思考、去与人为善。

一个人要是不知道去哪里找他的早餐，不知道去哪里赚钱来换取下一周的膳食，那他是没法把工作做到最好的，不管他做的是体力工作，还是智力上的或者精神上的工作。拥有金钱可以保证我们获得舒适的衣着、足够的食物，来保证我们的身体暖和、体力充沛，保持良好的健康状况。

拥有金钱还可以让我们有能力为建造校舍、教堂、医院出一份力，让我们能在此类有益的事业上出一份力。金钱不但能让我们在此类物质生活上自给自足，它还有另外的价值。**赚取金钱能培养我们自己的远见。**一个不懂得深谋远虑、未雨绸缪的人，不懂得为明天、下周、明年作打算的人，是没法赚到钱的；而一个没有自控能力的人，也是没有办法赚到钱或者存下钱的。能赚取并且存下金钱的人，都必须是些有能力说“不”的人。我希望你们这些学生，当你们离开这所学校的时候，有能力说“不”。我希望，当你们经过一家商店，注意到商店里那些糖果、春帽，或者其他任何一些吸引你的东西时，即使你们的口袋里确实有钱，买得起这些东西，也有能力对自己说“不”，学会自控能让你们忽略这些东西，并且把钱省下来，最终投资到房屋上。一个人要是不能厉行节约，不懂得尽其所能远离那些东西，他就没法让自己抓紧手头上的钱。

还有一点，拥有金钱能让一个人成为良好、稳重、安全的公民。那些杀戮别人或者被杀的人，无论黑人还是白人，十有八九都是没有一所属于自己的房子，在银行也没有存款的人。都是拎着旅行箱生活的人，旅行箱带领着他们。要是今晚他们的旅行箱在蒙哥马利，那里就是他们的家。要是第二天晚上他们在奥比利卡（Opelika），那晚，那里就是他们的家。确实有些这样的人，他们没有家，只有旅行箱。而我不希望，当你们离开这里出去的时候，你们会成为他们那样的人。我希望能看到你们拥有自己的土地，拥有自己的房子。而我在这里还要说，要是你们的房子里没有一个优质、舒适的浴缸，那就不算是一个得体或者完整的家。要是只能二选一，我宁愿看到你们有个浴缸却没有房子，也不愿意看到你们拥有了房子却没有浴缸。要是你们拥有了浴缸，肯定能在之后拥有房子。因此，当你们离开这里之后，买个浴缸吧，即使你们买不起其他的东西。

拥有金钱，在银行里拥有一个账户，即便是个小账户，也能给我们一定的自尊。一个在银行里有账户的人在街上走过时身板能挺得格外笔直，他敢于看人们的脸。在他所住的社区里，人们会对他有信心，也会尊重他；而要是他没有银行账户，人们是不会如此对他的。

当我们努力争取这些东西的时候，最大的一个错误就是不停地推迟实施。年轻的男士会说，当他结婚的时候，他就会这样做了；年轻的女士会说，当她能穿着打扮得很好的时候，或者能在生活中享受到更多的时候，她就会这样做了。

总是因为这样那样的诱惑，他们不断推迟厉行节约和储蓄。当一个人走进城市，看到那些年轻的男士，一周的薪水不过4美元，却在周日下午花上两三美元来雇一辆马车，带上年轻的女士去兜风，这会毒害她的心灵。年轻的女士们啊，别跟这样的男人去兜风。一个每周只赚4美元却驾车去兜风的男人，是不会拥有一所房子或者一个银行账户的。当这样的人来邀请你们去兜风的时候，告诉他，你宁愿他把钱存到银行里，因为你知道，他负担不起这样的挥霍。

我喜欢看到人们衣着舒适整洁，但是，没有什么比看到年轻的男女经不起诱惑，把赚到的所有钱都花在衣着上更令人伤心的了。因为很多时候，真的是很多时候，当他们终老时，有些人不得不拿一顶帽子四处去筹钱，好让他们能得体下葬。不要犯那样的错误。下定决心，不管你赚得多么少，你都要存一部分钱在银行里。要是你一周能挣5美元，那就把2美元存到银行里，要是能赚10美元，那就把4美元存起来。把钱存到银行里，让钱留在那里。当它们开始有利息的时候，你就会发现，你懂得欣赏金钱的价值了。

不久之前，我去了新贝德福德（New Bedford）市，赫蒂·格林（Hetty Green）太太的家乡，据说她是世界上最富有的女士。我想告诉你们一个有关她的故事，那是新贝德福德的一位绅士告诉我的，当格林太太住在那里的时候，他们相识。在新贝德福德，很多年来，都没有银行愿意接收那些金额很小的存款。最后，终于开了一家可以接收5美分存款的银行。这家银行刚刚开业，格林太太就告诉这位绅士，她很高兴，因为开了这样一家银行，她就能到那里去存下5美分并且等着收取利息了。你们可能会觉得，5美分不值得储蓄，你们会觉得，这样一笔小钱拿来买花生或者糖果，又或者那些廉价的丝带、珠宝还差不多。

上个周日，我在纽约一位绅士的家里做客，他家里有个女仆，现在才18岁，当她几年前来到这个国家并到这位先生的家里做女仆的时候，一句英语都不会说。可是现在，这个女孩在银行有1500美元。想想吧！一个初来时非常贫穷且完全不会说英语的女孩，在短时间内存下了1500美元！

我很想知道，你们当中会有多少人，能在今后的5年里在银行里存下1500美元或者其他价值相近的财产呢？

新英格兰或者其他同样繁荣兴盛的州，其文明也许更多地可以归功于这个国家的储蓄银行，而不是其他任何东西。你想知道新英格兰的财富都在哪里吗？不是在那些百万富翁的手里，而是在一个又一个普通人的手里，他们都有几百或者几千美元的存款在银行里，非常安全。你会发现，新英格兰以及所有那些富裕国家的银行里，都是堆满了穷人的存款，数以百万计的存款。

记住，除非我们能学会节约、储蓄，学会存起我们所省下来的每一毫、每一分、每一元，否则我们这个种族就不能自立自强！

成长

今晚，我想要让你们铭记的是，持续不断的成长有多重要。我十分希望，你们当中每个人都去想象一下，你们的父母亲今晚就在这里，正看着你并审视着你生活中的每一个行动。我希望你能感觉到他们的心跳，我希望你们能认识到，他们多么迫切地希望你在这里取得成功——而这也许是你之前不曾认识到的。我希望你们能知道，他们曾做过多少祈祷，日复一日祈祷你的学校生活可以越来越成功，每一日都比前一日有所进步，祈祷你能变成一个勤奋而有成就的强大的人，能给你自己和家人带来荣誉。

你们当中的每一个人都必须为那些甚为担忧你的人想想——他们的心时常会被焦虑萦绕，只因他们担心你在学校一事无成，必须多为他们想想。

不仅仅是为了你自己，而且还为了那些与你无比亲近的人、那些为了你付出比其他任何人都要多的人，我希望你们能下定决心，让这个学年成为你最出色的一个学年。

我希望你们能下定决心，在这一年里以生命中前所未有的热诚来进行最为艰苦的学习；下定决心，让这一年成为你人生中迄今为止最出色、最令人鼓舞、最完美的一年。我希望你们能下定决心，让自己不断成长，让自己的明天比今天更为出色。在生命中，你只有两个发展方向，不是前进，就是后退。你可能变得更强壮或者更弱小，但你不可能一成不变。

至于学习方面，我希望，你们能下定决心，只要自己还在这里学习，每一天上课时都将更加认真细致。我希望，你们能管好自己，让自己每天早晨都出现在背诵室里，以比前一天更加一丝不苟、认真细致的态度准备这一天的课程。

我希望你们能下定决心，能越来越接近完美，能够更充分地把你们的优势发挥到每日的课程准备上，让你自己成为一个更有用的人。我希望，此后你就能发现自己渴望成长，发现自己明白了**劳动的高贵**，发现了——除非一个人能明白劳动并不可耻，否则这个人是无法有所追求而上进的，也不可能变得强壮、有才能且受人尊敬。

我希望你们都能明白，靠自己双手的劳动，无论是什么形式的劳动，一点都不可耻。我希望你们能一天天地学会，任何形式的劳动，无论是脑力的还是体力的劳动都是光荣可敬的，只有那些无所事事、游手好闲的人才可耻。

我希望你们能以严谨认真的态度来完成工作，通过更热诚地对待工作，通过今天比昨天更热爱你们的工作来做到这点。要是你们不能在这些方面成长，要是不能前进，那你们就会后退，就没有实现这所学校创立之初的目标。自然，你们的父母把你们送来这里时所怀抱的目的也没有达成。

我想要强调的事情就是，**希望你们能在品格方面有所成长——让你的性格每一天都变得更坚强。**当我说“品格”的时候，我在这里所指的是其最宽泛的意义。学校希望，每一天，你对待同学时都会比之前更有礼貌，无论在教室里和他们接触交流，还是在商店里、田地里、饭堂里或者卧室里。

无论在哪里，我都希望你能让自己变得越来越有礼貌，越来越像个绅士。注意了，我没有仅仅说希望你们的老师——也就是在你们之上的人——让你们变得更礼貌，我是希望你们自己变成那样。如果你不能做到，你就是在后退，走在歧路上。

我希望看到，你们每一天都比之前更无私，更加为他人着想。我希望你能对自己的思想、工作以及对别人所负的责任更加尽责。这样做才是走在成长的正路上，不这样做就是走在歧路上。我不希望你们以为，只需要在这一学年里秉持这种成长的思想来努力；也不希望你们以为，只需要在这所学校里如此；我殷切期望，你们会在前进的路上不断成长。

还有更重要的，我们希望你们能把这种不断成长进步的习惯、这种向着正确方向发展的取向带到学校外面去，并且将其作为好的影响散播到你所到的任何一处。我们希望你把这些带到学校去，因为你们当中很多人将会成为教师。我们不但希望你们能在开始教学事业的初级阶段时成长，还希望你每一年都能成长、进步。我们希望看到你令你的校舍变得更漂亮；希望看到你让所有一切和你的学校、教学相关的东西都变得更好、更坚固；希望看到在你担任教师的时候，你的学校每一年都能变得比之前更有吸引力。

还有，当你们离开学校并且找到一份工作的时候，不管什么工作，我们都希望能看到你在工作中变得更好，我们都希望看到你的能力得以提高，获得更高的薪水，给你的雇主贡献出更大的价值。我们希望看到，无论你身居何职，都能诚实、尽责、聪明。

你们当中有些人离开学校之后，会建立自己的家庭并安定下来。我们希望，你们能在家庭生活方面也有改善，看到一个已经成家立业的人有了一个自己的家，却没有让家的内外变得更漂亮，反而是让其年复一年变得邋遢、肮脏——因为这个家越来越不受到关注了——没有什么比这更令人沮丧的了。

我们希望，塔斯克基学院的学生离开学校之后，能建立一个在方方面面都成为榜样的家——这个家能显示出，建立起这个家的人的生活，是他们附近所有人的榜样。要是你能做到这点，你的生活就会不断向前发展，因为，就如我要重复的，你的生活只会持续不断地前进或者后退，非此即彼。

最后的话

我们又接近了一个学年的尾声。你们当中有些人可能要离开我们不再回来了。其他人则会回家过暑假，然后在假期结束后回来，开始另一个学年。当你们即将离开的时候，我特别想提醒你们一件事：回家之后，千万不要因为你们曾在我们学校学习而觉得自己比邻居要高出一等；千万不要觉得你们的父母没有你们懂得多并因此感到羞耻；千万不要认为你们实在太优秀了，而不应去帮他们干活。对你们来说，要是回家之后因为自己的父母而感到羞耻，或者是不想帮他们干活，那还不如不接受任何教育。

让我告诉你们我所知的一件事，是有关我们的学生离开这所学校之后的生活——这事情非常令人鼓舞，也能给人带来裨益。当时我在南方的一个城市，并且四处探访我们同胞的家园。

在这些家园中，我注意到其中一家是如此的整洁，非常突出。我问那个和我一起的人：“这所房子怎么能保养得这么好，看起来比其他邻居们的房子要好很多？”陪伴我的人说：“是这样的。这所房子的主人有个儿子，他们做出了很多牺牲才把儿子送到你们学校去读书。几个星期之前，这个儿子从学校回来了，在他回来之后的某段时间内，他没啥事可忙的，因此，就用这段时间来修葺他父母的房子。他修补了屋顶和烟囱，在围栏需要的地方加上了木栅，做了些诸如此类的事情。之后，他又弄来了一批油漆，把房子里里外外都彻底仔细地粉刷了两遍，所以这地方看起来就非常整洁了。”

这样的实例对我们真是非常有启发意义。这显示出，学生们把我们所谆谆教诲的精神从学校里带了出去。

还有另外一件事，当你们回家之后，要过简单质朴的生活，不要让人觉得，从你身上看到的教育仅仅意味着浅薄和华丽的衣着。

要有礼貌，无论对白人还是黑人都一样。

对你们来说，通过对这些方面加以注意，是完全有可能为南方黑白两族之间建立并维持融洽的关系做出大量贡献的。尽量让自己在这些方面表现良好，让人们注意到你，然后来问你，你曾去过哪里，在哪所学校学会了如此礼貌。你会发现，礼貌教养有极大的价值，不只会让你得到工作，还会帮助你保住工作。

不要耻于上教堂和周日学校，不要耻于参加基督教青年会（YMCA）和基督教奋进会[1]。要展示出，教育只是让你对这些事情的兴趣更加浓厚了，而不是让你的兴趣减弱了。要保持你个人、语言和思想的洁净。

在学年将要结束的日子里，在可能的情况下，再次强调一下我们学校立足的根基，似乎还是颇为合适的。我们希望，每一个学生都能拥有这种我们口中的“塔斯克基精神”。要牢记这所学校的精神、成立的宗旨，然后，竭尽所能把这种精神传播到尽可能广的地方，并且让其尽可能地深深植根于各地。

---

①基督教奋进会（Christian Endeavour Society），1881年由弗朗西斯·爱德华·克拉克（Francis Edward Clark）在缅因州波特兰市发起并成立，是个与宗教宗派无关的福音协会。协会宗旨是：“切实促进其成员间的基督教生活，增进彼此了解和相知，最终让大家在为上帝服务中找到更多的生活意义。”

除了我们毕业班的学生，每年我们都会有大量的学生外出度过假期。当中有些人会在假期结束的时候回到学校，但有一些人，则会因为各种各样的原因不再回来。无论你是不是作为毕业生离开这里，无论你离开之后还会不会回来，对你们所有人来说，牢记这种“塔斯克基精神”是很重要的——塔斯克基精神，就是奉献自己从而帮助鼓舞他人的精神。无论你做的事情多么小，都要保证你正在帮助其他人。

现在，在经过这些年的经验累积之后，我们认为，学校已经发展到了一定境界，可以凭一定程度的威信来给你们提建议，可以告诉你们如何度过生命时光才是最好的。

首先，是关于你们将要前往工作的地方。我非常希望，大部分学生在离开塔斯克基之后能去乡村地区工作，而不是大城市。其中一个原因是，你们会发现，在大地方，和在小镇里尤其是乡村地区很不同，会有很多的工人和帮工找工作。城市里有很多的教堂、学校，拥有一切可以帮助人们改善生活的东西。与此同时，也有很多令人沉沦堕落的东西。即使不提后面这点，在乡村地区，需要帮助的人也要多出很多。**我记得一份人口普查报告曾说，我们的同胞中有80%**

的人住在乡村和小镇里。因此，我建议你们到乡村或小镇里去，而不是去城市。

然后，谈到工作态度，就如我之前所说的，你们必须下定决心在工作中做些牺牲，过一种无私的生活好去帮助别人。你们要有这样的精神，遇到阻挠、遇到需要克服的障碍之时，就不会灰心丧气。要有这样的决心，相信你们无论将来从事什么职业，最终都会成功！

我不打算就工作的类型提出具体的建议，但是我相信，在普遍的情况下，要是你把乡村学校作为核心，也许你可以实现更多的美好目标——这也许会对南方的未来50年留下良好的影响。

先开办一所学期只有三个月长的学校，并且逐渐让人们深刻认识到，他们需要一所开放时间更长的学校。让他们把学校的开放时间先延长一个月，接着再延长一个月，直到他们意识到要拥有一所一年里开放时间长达六七个月甚至八个月的学校。然后再让他们认识到，建造一栋得体的校舍有多重要，认识到摆脱那只有一个房间的校舍有多重要，准备好各种适用于教学的设备有多重要。

有两件事情你们必须要牢记于心——建造合适的校舍，并且鼓励人们来做这事；同时，还要有可以令他们支持你的精神。要做到这样，当你去乡村的时候，必须要有在那里至少待上一段时间的想法。让自己植根于那里的居民之中，通过年复一年勤俭节约的生活，努力争取为自己买一块土地，并且在上面给自己盖一所漂亮舒适的房子。你会发现，在那里逗留的时间越长，人们对你就越有信心，并且也会越来越尊重、敬爱你。

我还发现，很多毕业生通过开垦一片与学校有关的农场，做了很多出色的工作。同样，很多未能毕业就离开这里的学生也做了出色的工作。**我记得有这么一个人，他在我们州其中一个乡村的学校里教了七八年，把学校的学年延长到八个月，还拥有一栋有四个房间的小别墅以及一个有40亩地且风景优美的农场。这个人，就是把“塔斯克基精神”付诸实践的人。**

而你们当中的某些人，要是把精力都投入农业中，会比投入其他任何行业都更好。我特意提到农业是因为，为了未来的发展，我们要在这方面打下牢固的基础。我相信，我们正在向着这样一个境界走去，将会在农业基础打好之后开始认识到我们自身的价值。在整个南方，我们可以通过农业让自己以自由、开放的方式获得财产、建造房屋，在其他任何行业都无法以这样的方式实现这些目标。从事农业也和执教一样，无论你到哪里，都要把“塔斯克基精神”牢记于心。

我希望男孩们离开学校的时候，都能效仿N.E.亨利（N.E.Henry）先生；女孩们离开学校的时候，都能效仿安娜·戴维斯（Anna Davis）小姐和利齐·赖特（Lizzie Wright）小姐。我希望你们到乡村去，去建立学校。我不会建议你们在一开始就雄心勃勃，我宁愿你们乐意以一份微薄的薪水作为开始，然后一路通过努力逐步提升。我记得，曾有个年轻人刚开始执教时月薪只有5美元，而另一个年轻人刚开始时只能在树下的空地中上课。

然后，希望你们出去以后，能以宽大磊落的精神来对待你们所接触的白人，这很重要。当我这样说的时候，我不是要你们贬低自己的尊严和气概；我希望你们以一种坦率、可敬的气概来对待他们，向他们展示出，你所属的种族不是一个可以被人轻视的种族，很多人所持有的各种偏见不适用于你以及你的同事身上。要是你能帮白人一把，你应该和帮了一个黑人一样感到快乐。

在上帝的眼里，世界并无肤色之分，而我们应该培养出这样一种文化，让我们能在任何地方都不会记起有肤色这样一条分界线。我们应该变得比那些因为我们的肤色而压迫我们的人更宽容、更大度。

任何一个人都不会因为成为绅士或者淑女而有所损失。没有人会因为宽宏大量而有所损失。记住，要是我们仁慈而富有才华，有道德，并且把这些特质都通过实践展现出来，那么，无论人们怎么说我们，都不可能拖垮我们。相反，要是我们不努力让自己成为有用的人，要是我们不讲道德、狭隘小气、胡乱花钱、辩护没有财产，要是我们没有优秀的特质，无论我们怎么为自己，也无论别人怎么说我们，我们都会失去立足之地，因为那都是些让一个人、一个国家变得伟大、强盛的东西。没有人可以通过单纯的称赞就把这些东西给予我们；而一旦我们拥有了这些东西，也没有人可以通过贬低我们把这些东西抢走。

图书在版编目（CIP）数据

非凡之路 /（美）华盛顿 著；胡彧 译. -- 哈尔滨：黑龙江教育出版社，2015. 6

书名原文：Lifting the Veil of Ignorance

ISBN 978-7-5316-8051-2

Ⅰ. ①非… Ⅱ. ①华… ②胡… Ⅲ. ①演讲—美国—现代—选集

Ⅳ. ①I712.65

中国版本图书馆CIP数据核字(2015)第125418号

非凡之路

FEIFAN ZHI LU

作　　者	〔美〕布克·托里佛·华盛顿 著
译　　者	胡　彧 译
选题策划	宋舒白
责任编辑	宋舒白　王春晨
装帧设计	Lily
责任校对	徐秀梅

出版发行	黑龙江教育出版社（哈尔滨市南岗区花园街158号）
印　　刷	北京鹏润伟业印刷有限公司
新浪微博	http://weibo.com/longjiaoshe
公众微信	heilongjiangjiaoyu
E-mail	heilongjiangjiaoyu@126.com
电　　话	010—64187564

开　　本	700 × 1000　1/16
印　　张	17.25
字　　数	121千
版　　次	2015年8月第1版　2015年8月第1次印刷
书　　号	ISBN　978-7-5316-8051-2
定　　价	39.80元